Elliot

Titre original :

Inventing Elliot

First published in Great Britain in 2003
by Orion Children's Books

GRAHAM GARDNER

Traduit de l'anglais (Grande-Bretagne) par
Dominique Piat

Elliot

Tribal Flammarion

À mes parents, avec tout mon amour et mon respect.

G.G.

« La persécution a pour objet la persécution.
La torture a pour objet la torture.
Le pouvoir a pour objet le pouvoir.
Commencez-vous à me comprendre à présent ? »

George Orwell, *1984*

PROLOGUE

La dernière sonnerie s'était tue. Elliot s'apprêtait à franchir la grille. Ce fut à cet instant précis que les autres le rattrapèrent et, l'obligeant à faire demi-tour, l'entraînèrent vers les vestiaires du lycée.

Kevin Cunningham. John Sanders. Steven Watson. Un seul d'entre eux, c'était déjà redoutable, les trois ensemble, c'était ce qu'il pouvait se figurer de pire.

Ils le plaquèrent contre le mur, les bras immobilisés. Kevin s'approcha, très près, le touchant presque. Son haleine lui enflamma le visage.

– Salut, Elliot. Tu croyais peut-être qu'on t'avait oublié ?

Elliot ne répondit pas. Ça ne ferait qu'envenimer les choses.

– Réponds quand on te parle !

– Non.

– Non, quoi ?

– Non, je ne vous avais pas oubliés.

– T'es qu'un minable, Sutton, tu sais ça ?

– Je... sais...

Kevin sourit.

– Y a un endroit pour les minables de ton espèce, Sutton. C'est la décharge publique. Pourquoi tu t'entêtes à revenir au bahut, hein ? Tu sais parfaitement que, chaque fois, on te renverra d'où tu viens.

D'une main, il déchira la poche poitrine de la veste d'Elliot, laquelle retomba piteusement comme une langue de pendu.

Il fit pareil avec les autres poches.

D'abord, Elliot ne ressentit rien. Puis, brusquement, quelque chose bascula en lui. Une sensation nouvelle d'une force inouïe qu'il n'avait jamais éprouvée jusque-là s'empara de lui, une fureur dévorante le saisit, incontrôlable, une sorte de raz de marée, d'incendie dévastateur.

Il s'arracha à la poigne des deux autres, bondit sur Kevin, le roua de coups. Une grêle de coups de poing, de coups de pied que rien n'aurait pu arrêter.

– Je vais te tuer ! Je vais te tuer !

Sanders et Watson se précipitèrent pour les séparer et plaquèrent à nouveau Elliot contre le mur. Son crâne heurta si violemment les briques qu'il eut envie de vomir.

Kevin se releva lentement, essuyant d'un revers de main le sang qui coulait de sa bouche.

– Tu vas le regretter, Sutton.

La rage d'Elliot était retombée. Il éprouvait, à présent, une merveilleuse béatitude. Tout était devenu clair. Bientôt, il serait mort. En réalité, ils l'avaient déjà tué depuis longtemps et, désormais, ils ne pouvaient plus lui faire mal.

Le premier coup-de-poing l'atteignit juste au-dessus du cœur. Il ne ressentit rien.

« Vous ne pouvez pas me faire mal. Je suis déjà mort... mort... »

Puis, un second coup le percuta sur le côté du crâne. Puis, un troisième, exactement à l'emplacement du premier.

Très vite, il eut mal.

« Vous ne pouvez pas me faire mal, pensa-t-il. Je suis déjà mort. »

Pourtant la douleur s'accentua : lentement mais sûrement, sa morsure répandit ses brûlures.

Un dernier coup d'une violence inouïe lui dévora le crâne et il se sentit sombrer, loin, très loin... Et par bonheur, il mourut.

CHAPITRE 1

Elliot Sutton ravala la vague de panique qui menaçait de l'engloutir. On était le 1er de l'an. Dans moins d'une semaine, il entrerait dans un nouvel établissement scolaire.

« Sois positif », se répétait-il. L'idée était de repartir de zéro. Dans ce nouveau lycée, personne ne connaissait son passé. Il arrivait avec un nouveau dossier scolaire. Une nouvelle identité. Il s'agissait de prendre un nouveau départ. Pour lui et pour toute sa famille.

« Tu parles d'une blague ! »

Comme si une nouvelle maison et une nouvelle ville pouvaient, à la façon d'une potion magique, guérir son père. D'ailleurs, celui-ci se comportait comme s'il n'avait toujours pas remarqué qu'ils avaient déménagé. Jour après jour, il s'asseyait dans le même fauteuil, le regard rivé sur le même écran de télévision...

« Sois positif. »

Dans sa chambre, Elliot enveloppa du regard les cartons, les sacs plastique pleins à craquer et la vieille valise ouverte qui débordait de vêtements. Ils étaient installés dans cette nouvelle maison depuis deux semaines et il ne s'était toujours pas résolu à ranger. Chaque jour, il se contentait de prendre les vêtements dont il avait besoin en se disant qu'il rangerait « demain ».

En vérité, il redoutait de déballer ses affaires. Tout dans ces cartons, ces sacs et cette valise, lui rappelait d'où il venait et il ne voulait plus y retourner – même pas en imagination.

Face à tout ce désordre, il se rendit soudain compte qu'il avait plus ou moins décidé qu'il ne rangerait rien. La plupart de ces affaires appartenaient à son passé, pas à son présent. Tout resterait emballé. Il ne sortirait que le strict nécessaire ; le reste pouvait demeurer enfoui. Peut-être même s'en débarrasserait-il... Ainsi, il n'aurait plus la tentation d'y toucher.

Saisi d'une soudaine énergie, il se jeta dans l'action et renversa le contenu de sa valise sur son lit. Trois paires de jean, usés jusqu'à la corde ; tant pis, il les garderait. Pareil pour les sweat-shirts et les tee-shirts : un des rares avantages de n'avoir pratiquement pas grandi depuis l'âge de douze ans était qu'au moins il n'avait pas eu besoin de vêtements neufs. Une sacrée chance, car la dernière fois qu'il avait cherché à persuader sa mère de lui donner un peu d'argent pour s'en acheter, elle avait contemplé ses vieux vêtements avant de rétorquer :

– Qu'est-ce qu'ils ont de pas bien ceux-là ? Ils peuvent encore durer des années ! Tu ne grandis pas !

En clair : « Désolée, on n'a pas les moyens ! »

Le problème, ce serait l'uniforme pour le lycée. Il fallait un pantalon, un blazer, des chemises, une cravate, une tenue de sport... Tout ça coûtait une fortune. Sa mère ne pouvait pas se permettre d'acheter du neuf. Il devrait se contenter de vêtements d'occasion. Le plus sûr moyen de se faire immédiatement repérer.

Il balaya ces réflexions déprimantes et se tourna vers un carton où il puisa les quelques livres qu'il avait emportés et les rangea dans la petite bibliothèque.

Quant au reste... Il sortit un album de photos plein de poussière. À l'intérieur, il y avait des photos de famille – de lui à différents âges, de sa mère, de son père – qui dataient d'au moins trois ans. Sa mère ne prenait plus de photos depuis longtemps.

Il remit l'album dans le carton, qu'il poussa avec d'autres sous son lit, puis plaça la valise sur le haut de la penderie.

Il décida de ne rien afficher aux murs. Il les laisserait vides, nus. Une façon agréable de se rappeler que cette maison était neuve. Sans passé. Comme tout devait l'être désormais. Il respira l'odeur du neuf – l'odeur propre et capiteuse de la peinture fraîche et du bois – s'en imprégnant un instant.

Il laissa grandir en lui l'idée qui venait de germer.

« Ici, personne ne me connaît. »

Il avait peut-être une chance. Celle de reléguer au magasin des souvenirs l'ancien Elliot, mais celle aussi d'en inventer un tout neuf. Un Elliot, créé de toutes pièces, à partir de rien.

« Personne ne me connaît, ici », murmura-t-il d'une voix posée.

Il n'y avait aucune raison pour que les choses continuent comme par le passé.

***

Autrefois, ils avaient été une famille heureuse.

Il ne devait pas l'oublier.

Son père avait voulu créer sa propre entreprise, spécialisée dans la fabrication et la vente d'emballages pour produits fragiles.

« C'est un marché à saisir, affirmait-il tout le temps. Les gens sont prêts à payer des sommes importantes pour s'assurer que ce qu'ils expédient par la poste ne sera pas endommagé... »

« Chic et cher. C'est tout le secret », répétait-il aussi.

Là où il travaillait, la tendance n'était pas au « chic et cher » mais plutôt aux prix bas et aux grandes quantités. Il était dessinateur dans une grosse entreprise qui fabriquait des emballages pour d'autres grosses entreprises. Sans détester son travail, il ne l'aimait pas particulièrement non plus, avait-il expliqué à Elliot. Aussi avait-il donné sa démission et monté sa propre affaire.

Il s'en était suivi une période plutôt faste qui s'était déroulée dans une atmosphère de fébrilité. Son père allait et venait en permanence, avalait ses repas en quatrième vitesse, les coups de téléphone se succédaient sans interruption. Il répétait au moins deux fois par jour : « C'est la meilleure façon de faire, j'en suis sûr. » Elliot se souvenait parfaitement de cette phrase qu'il avait entendue quotidiennement, pendant toute une année. Il se souvenait aussi des tonnes de courrier, glissé enveloppe après enveloppe, le matin, dans la boîte aux lettres. Des mois durant.

Soudain les choses avaient changé. Le facteur avait pris l'habitude de frapper à la porte, à l'heure du petit déjeuner. Sa mère se levait pour ouvrir, signait le registre que lui présentait l'employé, puis elle revenait s'asseoir, les yeux fixés sur les rectangles blancs ou beiges qu'elle tenait à la main. Ces lettres-là, elle ne les ouvrait jamais devant Elliot. Elle se contentait de les regarder sans les voir, comme si elle ne comprenait pas de quoi il s'agissait.

Et pourtant, avant cette période... À peine entendait-il le clapet de la boîte aux lettres que son père se précipitait sur le courrier, il le rapportait à table, déchirait fébrilement les enveloppes et, généralement, un large sourire lui éclairait le visage – remplacé à de rares exceptions par un léger froncement des sourcils – tandis qu'il lisait.

« C'est un investissement pour notre avenir à tous les trois. » Encore un leitmotiv de son père !

« Tu m'écoutes, Elliot ? Tout ça c'est pour que nous puissions entretenir ta boulimie de lecture et garder tout de même un toit au-dessus de nos têtes ! Hier, ta lumière était encore allumée à onze heures du soir – mais je suppose que tu n'as pas regardé la dernière facture d'électricité ? »

Il lançait toujours cette remarque sur le ton de la colère feinte. Puis, pour bien prouver qu'il plaisantait, il attrapait Elliot par la taille et ajoutait : « Et en plus, tu espères que je vais te conduire à la bibliothèque samedi ! »

Une vieille plaisanterie : il emmenait toujours son fils à la bibliothèque, le samedi. Elliot adorait lire, depuis tout petit – dès qu'il avait su le faire, d'après ses parents. Lorsqu'il était plongé dans un livre, il était ailleurs, en immersion totale dans le récit : pendant ce temps-là, le monde lui fichait la paix.

Il tendit la main vers un livre.

Sa stratégie pour repousser la peur.

Une famille heureuse.

Être positif.

CHAPITRE 2

Inventer un nouvel Elliot commença par coûter cher. Très cher.

Ses économies s'élevaient à cent quatre-vingt-douze livres[1] et quatre-vingt-dix-huit centimes. Il avait gagné chaque billet, chaque centime, en se levant dès l'aube, cinq matins par semaine pour livrer les journaux. Cet argent était classé « usage interdit » dans sa tête. Il attendait pour le dépenser d'avoir une « envie irrésistible » de quelque chose.

Il déambulait dans le centre commercial, le portefeuille gonflé de billets et de pièces. Il serait toujours temps d'économiser à nouveau pour les « envies irrésistibles ».

1. Une livre sterling vaut environ 1,50 euro.

Pour l'heure, l'important, c'était ce dont il avait besoin.

* * *

La tenue de sport achetée, l'uniforme lui revint tout de même à cent livres, même s'il eut la chance de dénicher un bon blazer d'occasion. Pour les chaussures, il en dépensa encore quarante.

Après ses achats, il alla chez le coiffeur. Il fit couper à ras les mèches brunes qui lui encadraient le visage et lui donnaient un air enfantin, et décolorer les mèches de dessus.

Un nouvel Elliot émergeait.

De retour à la maison, son portefeuille était nettement moins épais.

« Chaque centime dépensé en vaut la peine. »

* * *

La réaction de sa mère fut beaucoup moins sévère qu'il ne l'avait craint. Lorsqu'il franchit la porte, elle se contenta de commenter :

– Si tu veux jeter ton argent par les fenêtres, c'est un moyen comme un autre...

Elle ne fit même pas allusion au temps et à l'argent qu'il lui avait fait gagner en payant tout de sa poche.

Elle semblait fatiguée. Son père regardait un match de foot à la télévision, le volume poussé à fond. Ils avaient encore dû se disputer pendant son absence.

« Enfin, si on peut parler de dispute... » songea Elliot.

Une dispute se joue au moins à deux, alors que sa mère était toujours la seule à crier, à pleurer, tandis que son père restait assis, impénétrable et muet.

Ils passèrent à table pour le dîner dans un silence pesant. Elliot avala sans plaisir les spaghettis bolognaise. Finalement, ici, tout serait pareil. Rien ne changerait.

– Au fait ! (À travers la table, sa mère allongea la main et la posa sur la sienne. Elle souriait. Un vrai sourire. Pas le rictus épuisé qu'elle esquissait d'habitude.) J'ai trouvé deux emplois aujourd'hui. Des heures de ménage, tôt le matin à l'usine de papeterie, et deux nuits de garde par semaine dans une maison de retraite.

Il n'en éprouva aucune joie.

– Et tu dormiras quand ces nuits-là ? Tu vas être obligée d'enchaîner directement un travail après l'autre.

Elle lui caressa la main.

– Ne t'inquiète pas, je me débrouillerai. L'avantage, c'est que je serai à la maison quand tu rentreras du lycée.

« La belle affaire... » fut-il tenté de répondre, mais il se retint. Inutile de dévaloriser ses efforts.

Elle sourit de nouveau. Pour la première fois, il remarqua les fils d'argent qui striaient ses cheveux bruns.

– On sera bien ici, dit-elle. Je le sens. Un nouveau départ pour nous tous. Pour toi, pour moi, pour...

Elle regarda son mari. Celui-ci leva un instant les yeux de son assiette de spaghettis. Elliot le dévisagea. Y avait-il quelque chose de changé ? Une lueur, un éclat derrière le regard sans vie... Sans doute... Probablement n'était-il pas assez attentif...

Après le dîner, il alla dans la salle de bains essayer son nouvel uniforme. La cravate vert foncé était trop grande pour lui – il n'y pouvait rien. Cela mis à part, il constata, soulagé, qu'il avait une allure correcte. Correcte... Ce n'était pas assez.

Il observa son visage dans le miroir au-dessus du lavabo. Décidément, sa nouvelle coiffure était très seyante. Elle lui faisait un visage plus anguleux, plus âgé. Plus dur. Un visage sorti de l'enfance. Malheureusement, sa petite taille et sa carrure chétive lui donnaient encore l'allure d'un enfant. Cela le distinguerait des autres

– les autres remarquaient toujours la taille en premier. On ne pouvait rien contre ça.

Il venait à peine de se coucher quand on frappa à la porte. Sa mère entra. Elle s'assit sur le bord de son lit – c'était la première fois depuis leur déménagement.

– Sois un peu patient avec lui, Elliot. Ton père est malade. La dépression est une maladie. Il est encore très marqué physiquement. Ce n'est pas sa faute. Tâche de le comprendre. On doit tous les deux faire un effort.

– J'aimerais simplement...

Il s'interrompit. Comment lui exprimer son souhait...

Elle continua à sa place.

– Tu aimerais simplement que tout soit comme avant. Je sais. Moi aussi. Mais rien ne sera plus jamais comme avant. On doit l'accepter.

Il détourna le regard, se rappelant la nuit où son père n'était pas rentré.

* * *

Avec la création de sa propre entreprise, son père s'était mis à travailler tard presque tous les soirs. Il ne prenait plus aussi souvent ses repas à la maison. Ces dîners à trois manquaient à Elliot, ces conversations où ils parlaient de tout et de rien – la vie de famille tout bêtement.

Les samedis aussi avaient changé. Il arrivait fréquemment que son père rende visite à un client et que, de ce fait, il n'emmène plus Elliot à la bibliothèque. Heureusement sa mère avait pris le relais. Plus tard, il avait fini par y aller tout seul, mais rien ne valait ces samedis avec son père.

Néanmoins, ils étaient heureux tous les trois. Son père passait tout de même quelques week-ends à la maison. Certains soirs, il quittait son travail de bonne heure et tout redevenait comme autrefois : ils s'asseyaient tous les trois autour de la table de la cuisine pour dîner, parler et rire.

Et puis, une nuit... Il était déjà tard et son père n'était toujours pas rentré. Elliot l'attendait, dans un demi-sommeil, quand le carillon de l'entrée avait retenti. Il avait entendu la porte s'ouvrir, des voix inconnues s'élever, la porte se refermer, des pieds de chaises racler le sol de la cuisine, juste en dessous de sa chambre.

Il était descendu à pas de loup, en pyjama. La porte de la cuisine était fermée.

Il avait tendu l'oreille.

Sans entendre clairement, il avait pu distinguer quelques mots isolés, des bribes de phrases : « ... agression... nombreuses blessures... hôpital... salle d'opération... »

Un sentiment de panique s'était emparé de

lui – ce tiraillement à l'estomac qui, bientôt, lui serait si familier. Il souhaitait de toutes ses forces que les voix continuent de parler. Au moins pendant ce temps-là, rien ne changeait.

« Ne vous taisez pas... Continuez... »

Puis, à nouveau, les pieds de chaises qui raclent le sol, les pas lourds, la porte de la cuisine qui s'ouvre. Deux uniformes de police. Un homme et une femme. En voyant Elliot, ils échangèrent un regard, hochèrent la tête. La femme retourna dans la cuisine. L'homme lui sourit, mais d'un sourire forcé, comme s'il s'obligeait à ne pas oublier de le faire.

– Bonjour, mon garçon. Tu écoutais ?

Elliot n'avait rien répondu.

– Tu veux bien monter t'habiller ? Ta maman va nous rejoindre dans un instant.

Elliot ne disait toujours rien.

« Ce n'est pas vrai, pas vrai, pas vrai », se répétait-il.

Ces choses-là n'arrivaient qu'à la télé : la voiture de police devant la maison, les coups frappés à la porte, les silhouettes en uniforme, les paroles réconfortantes, les expressions de sympathie. Tout ça n'arrivait pas dans la vraie vie. Tout ça ne deviendrait une réalité que s'il y participait.

– Ton papa a été blessé. On t'emmène à l'hôpital avec ta maman parce qu'il n'y a personne ici pour s'occuper de toi. D'accord ? Ta maman est en train de se préparer.

« Ce n'est pas vrai, pas vrai, pas vrai... »

Son père s'était fait agresser en regagnant sa voiture. L'agresseur – son père ne se souvenait de rien et il n'y avait aucun témoin – avait volé son portefeuille, ses clés de voiture et son téléphone portable. L'homme lui avait fracassé le crâne, brisé des côtes, perforé la rate et il l'avait abandonné gisant sur le pavé, baignant dans son sang. Mourant.

« Pas vrai. » Malheureusement, les mots ne parvenaient plus à repousser les frontières du monde extérieur.

***

– Elliot ? Tu m'écoutes ? Je disais : « Il guérira. » Ça prendra du temps, c'est tout...

***

Rendre visite à son père à l'hôpital ; voir son visage tuméfié, boursouflé comme une baudruche, avec des tuyaux partout, dans le nez, aux poignets, sur la poitrine. Incapable de marcher, presque incapable de parler. Détruit.

À ce moment-là, Elliot avait pleuré. Il avait même prié, lui qui pourtant ne croyait pas en Dieu.

Trois ans s'étaient écoulés. Les os de son père s'étaient ressoudés, ses blessures avaient guéri. Il était revenu vivre à la maison. Mais dans un état de santé déplorable.

* * *

– Tu comprends, n'est-ce pas ? gémit sa mère.

Elliot s'obligea à la regarder.

– Bien sûr, je comprends. Je sais qu'il faut du temps, on nous l'a expliqué à l'hôpital. Simplement, j'aimerais... j'aimerais que ce ne soit jamais arrivé, c'est tout.

Après le départ de sa mère, il éteignit la lumière, les yeux fixés sur l'obscurité. Plongé dans ses souvenirs.

Il avait l'impression d'entendre la voix de son père surgir du passé.

« Il suffit d'y mettre toute ta volonté. » Encore une de ses phrases de prédilection, qu'il lâchait, en général, pendant les repas. « Quand tu as un projet en tête, si tu y mets toute ta volonté, toute ton énergie, tu réussiras. C'est la meilleure façon de s'y prendre, la seule. »

Et sa mère de conclure dans un sourire : « Parfaitement. Tu peux me passer le sel, s'il te plaît ? »

Elle avait entendu ce discours des centaines de fois.

Pour ne pas être en reste, son père souriait, lui aussi. Mais, à ses yeux, ce n'était pas une simple plaisanterie. Un jour, à la fin du repas, il s'était tourné vers Elliot :

– Écoute-moi. C'est très important. Il y a toujours des gens pour te dire que tu ne peux pas réaliser tel ou tel projet – parce que c'est impossible. Le jour où j'ai annoncé à mon patron que je quittais sa boîte pour créer ma propre entreprise, tu sais ce qu'il m'a dit ? « Bonne chance. Vous êtes complètement cinglé. Je vous garde votre place. Et si vous finissez par le comprendre, vous pourrez revenir chez nous. » Tu te rends compte ?

Elliot avait hoché la tête pour ne pas décevoir son père.

– Des réflexions de ce genre, tu en entendras toute ta vie, mon garçon. Mais ne les écoute surtout pas.

Aujourd'hui, plus personne ne donnait de conseils à Elliot.

Au cours de ces trois dernières années, personne non plus n'avait dit à son père : « Vous ne guérirez jamais, c'est parfaitement exclu. Il n'y a rien à faire. » Bien au contraire. Pourtant, le résultat était le même.

En disant « J'aimerais simplement... », ce qu'Elliot sous-entendait – et qu'il n'avait pas osé dire à sa mère –, c'était « J'aimerais simplement qu'il meure. »

En y repensant, il ressentit toute l'horreur, toute la culpabilité d'une telle pensée.

En fait, il ne voulait pas vraiment dire ça non plus. Comment aurait-il pu souhaiter la mort de son père puisque celui-ci l'était déjà ?

Celui dont il souhaitait la mort, c'était cet homme assis là-bas, qui ne disait rien, ne faisait rien. Cet homme dont le regard fixait l'horizon, silencieusement. Cet homme-là n'était pas son père, même s'il lui ressemblait infiniment. Si cet homme-là mourait, peut-être son vrai père reviendrait-il... Il franchirait la porte et il lui dirait...

Elliot repoussa cette vision avec colère.

« Reprends tes esprits ! Ça n'arrivera pas. Ni aujourd'hui. Ni demain. Ni jamais ! »

Il ne put s'empêcher, cependant, de s'imaginer en train de lui hurler :

– Dehors ! Foutez le camp de chez nous !

Ou de balancer la plus grosse marmite de la cuisine contre le poste de télévision.

Naturellement, dans la vraie vie, il n'aurait jamais fait une chose pareille. Non parce qu'il n'aurait pas osé. Non. Il ne l'aurait pas fait parce que ça n'aurait servi à rien. Il le savait. L'homme du fauteuil – l'imposteur – l'aurait balayé de ses yeux morts, puis aurait reporté son attention sur la boîte à images dans l'angle de la pièce, oubliant même qu'elle venait d'exploser.

« Je te déteste. »

« Je me déteste. »

Restait son nouveau lycée. Dans moins d'une semaine, il faudrait l'affronter.

Un nouveau départ...

Peut-être.

CHAPITRE 3

Premier jour du trimestre. Lycée de Holminster. Elliot s'avança vers l'entrée principale avec appréhension.

Juste avant les vacances de Noël, il était venu visiter les lieux. La première image qui lui était venue à l'esprit était le souvenir d'un vieux film en noir et blanc, *Good-bye, M. Chips*[1].

Le bâtiment principal était ancien – une imposante bâtisse en briques rouges avec des fenêtres à guillotine. Les autres bâtiments étaient modernes, briques brunes et fenêtres en verre fumé. L'ensemble dégageait une impression d'élégance et d'opulence.

1. Film américain de Sam Wood (1939) tiré du roman de l'écrivain anglais James Hilton.

Son précédent lycée n'était qu'un cube informe de béton rose. Ce qui frappait d'abord, c'étaient les graffitis – le personnel scolaire avait cessé depuis longtemps de les gratter. Et ils avaient fini par atténuer la banalité de l'architecture.

Au lycée de Holminster, il n'y avait pas de graffitis.

Devant le bâtiment s'étendait une vaste pelouse soigneusement entretenue qui, l'été, se transformait en terrain de sport. Autour se dressaient des arbres séculaires – hêtres et immenses chênes touffus – et des parterres de plantes aux nuances pastel.

Difficile de ne pas être impressionné.

À l'intérieur régnait un mélange d'ancien et de moderne, de traditionnel et de high-tech. Les murs lambrissés s'associaient harmonieusement aux sols recouverts de plastique granité. Les portraits sépia des anciens proviseurs voisinaient avec des peintures abstraites dignes d'une galerie d'art. Toujours la même élégance, la même opulence.

La brochure de l'établissement s'étendait longuement sur le mélange de la « tradition » et de l'« héritage » avec le « dynamisme » et l'« ouverture vers l'avenir ». Elle évoquait aussi l'« excellente discipline », l'« éducation morale » et l'« environnement positif et productif ». Chaque page montrait au moins deux photos d'élèves du lycée de Holminster travaillant avec assiduité, participant à des événements sportifs ou exhibant récompenses et trophées.

Elliot était ressorti de cette visite sans croire un instant à la réalité de ce qu'il voyait, tout en se disant qu'il serait agréable que l'illusion perdure – au moins quelque temps.

* * *

Un fleuve de blazers rouges l'entraîna derrière les grilles du lycée.

« Se mêler à la foule. Arrange-toi pour continuer. »

Le quart d'heure suivant serait critique. Il ne devait pas se faire repérer.

Il pensa d'abord s'arrêter quelque part. Puis il se dit qu'il valait sans doute mieux bouger. Il avait beau observer les autres, il était impossible de déceler une stratégie dans leur conduite. La plupart se regroupaient en petits comités, certains de garçons, d'autres de filles, d'autres encore de filles et garçons mélangés. Il y avait aussi deux groupes séparés qui tapaient le ballon. Quelques élèves déambulaient seuls.

Il fit quelques pas, puis s'arrêta. Encore quelques pas. Et s'arrêta de nouveau.

Son pantalon le grattait. Son col le blessait.

Ses souliers le serraient. Malgré le froid, il transpirait. Il imagina la sueur mouillant sa chemise, tachant l'impeccable tissu blanc. Heureusement qu'il portait un blazer...

***

L'école n'avait pas toujours été un cauchemar. Encore un élément qu'il devait garder présent à l'esprit, même si, aujourd'hui, cela lui semblait difficile à croire.

Son premier collège n'était pas désagréable. Et, en dépit de ses soucis familiaux, il en avait même apprécié certains aspects. Les copains avec lesquels il traînait. Les cours, plutôt intéressants. Surtout l'anglais – où le prof leur faisait rédiger des fiches de lecture. La lecture comme devoir – rien n'aurait pu lui plaire davantage !

Puis ils avaient déménagé une première fois.

Lorsque son père était sorti de l'hôpital pour rentrer à la maison, il était dans l'incapacité de reprendre le travail, aussi son entreprise avait-elle périclité. Sa mère avait trouvé un emploi dans une clinique – une épreuve de plus pour elle, qui n'avait jamais travaillé auparavant. Malgré cela, ils n'avaient pas pu continuer à payer le crédit de la maison et ils avaient dû en chercher une autre, moins chère.

Quand sa mère le lui avait annoncé, Elliot n'avait pas trouvé ça si grave. Ignorant, alors, que déménager signifiait aussi quitter le collège qu'il fréquentait et les copains qu'il s'était faits.

– Je suis désolée, avait expliqué sa mère. Vraiment désolée. Mais je n'ai pas les moyens de payer le transport pour t'envoyer à l'autre bout de la ville cinq jours par semaine. Tu comprends ?

« Tâche de comprendre, je t'en prie... » le suppliait-elle du regard.

Et, naturellement, il avait compris. Il comprenait toujours. Il avait onze ans, presque douze, à cette époque. Il était assez grand pour ne pas se plaindre. Assez grand pour savoir qu'il était inutile de discuter.

Malheureusement, dans ce nouvel établissement, Dieu sait pourquoi, il n'avait plus rien trouvé intéressant. Comme si on avait aspiré de son corps toute l'énergie, toute la volonté, toute la force vitale qu'il possédait. Tout – réfléchir, agir – exigeait de lui un effort phénoménal. Démesuré. Il ne chercha même pas à se faire des amis. Ses notes dégringolèrent.

Et dans ce nouveau collège, aucun professeur ne semblait se soucier du désintérêt d'Elliot pour ses études. Ils se contentaient de faire l'appel, de donner leurs cours, de corriger les devoirs – point, barre.

En fait, l'attitude des professeurs l'avait presque arrangé. Il ne souhaitait qu'une seule chose, qu'on l'ignore. Qu'on lui fiche la paix.

Malheureusement certaines personnes voyaient les choses autrement.

* * *

Tout avait commencé par des broutilles. Des coups de pied dans les chevilles dans les couloirs. Des tapes sur la tête pendant les cours. Des coups de poing dans les vestiaires avant les entraînements sportifs. Il s'était efforcé de ne pas y faire attention, convaincu que s'il réagissait les choses ne feraient qu'empirer.

Mais très vite la violence avait augmenté : les coups de pied s'étaient faits plus forts, les coups de poing plus rudes, les tapes plus fréquentes.

Il ne comprenait pas pourquoi on l'avait choisi, lui.

Était-ce parce qu'il aimait être seul ?

Parce qu'il était petit et chétif ?

Parce qu'il portait un uniforme d'occasion ?

Peut-être parce qu'il existait, tout simplement.

Puis, un jour il était devenu l'objet d'attentions plus personnelles. Convoqué dans le parc après les cours par Kevin Cunningham – le meneur incontesté des classes de quatrième, aussi fort qu'un élève de première et qui se rasait déjà à douze ans.

– Je vais te filer une raclée, Sutton ! Je vais t'apprendre à te foutre de moi. Alors, t'as dit quoi sur moi ? Tu te crois malin, hein ?

Elliot n'avait rien dit sur Kevin. Ni sur qui que ce soit, d'ailleurs. Mais, visiblement, le problème n'était pas là.

Elliot n'avait aucune intention de se rendre dans le parc. Hélas pour lui, Kevin avait dû s'en douter et, le jour prévu, quatre costauds l'attendaient à la sortie de l'école.

La bagarre n'avait pas duré longtemps. Elliot n'avait pas répliqué, partant toujours du principe que ça ne ferait qu'aggraver son cas. Il s'en tira avec une lèvre éclatée, un violent mal de crâne – à cause d'une chute sur le dos – et sept hématomes violacés répartis sur tout le torse.

Il sentait à peine la douleur, tant il était inquiet que sa chemise ait perdu un bouton, qu'elle soit tachée de sang et que son pantalon soit maculé de traces de terre et d'herbe. Sa mère l'avait prévenu qu'il devait faire attention à son uniforme.

– Et surtout ne grandis pas, on n'a pas les moyens !

Elliot avait fait de son mieux pour qu'elle ne découvre pas l'ampleur des dégâts.

En rentrant chez lui, il était passé à pas de loup devant la cuisine où elle s'activait et avait filé directement dans la salle de bains pour se changer – la porte de sa chambre n'avait pas de verrou.

Il avait retiré sa chemise. Du sang avait coulé de sa lèvre abîmée le long du cou jusqu'à la poitrine. Il s'était nettoyé avec un gant humide en évitant les ecchymoses.

– Elliot ? Ça va ?

Sa mère frappait à la porte.

Il en était resté figé.

– Tout va bien.

Luttant pour masquer le tremblement de sa voix.

– Elliot ? Qu'est-ce qu'il y a ? Qu'est-ce qui se passe ?

– Rien. Y a rien.

Pourquoi restait-elle là au lieu de lui ficher la paix ? La tête l'élançait. Il avait mal au cœur.

– Elliot, s'il te plaît. Ouvre cette porte. Je sais qu'il y a un problème. Laisse-moi entrer !

Il avait mal partout – depuis la fin de la bagarre, sans doute, mais il ne s'en était pas rendu compte. Une envie de pleurer le gagnait.

– Elliot !

Elle l'avait dévisagé, prête à fondre en larmes, elle aussi. Mais elle s'était retenue. Après avoir examiné chaque centimètre carré de son cuir chevelu, elle avait insisté pour qu'il retire son pantalon déchiré afin de s'assurer qu'il ne cachait pas d'autres blessures, et l'avait obligé à prendre un bain.

Quand il était sorti de la salle de bains, encore bouleversée, elle lui avait raconté avec une certaine fierté, qu'elle avait déjà téléphoné au proviseur pour se plaindre. La bagarre n'ayant eu lieu ni pendant les heures de cours ni dans l'enceinte de l'établissement, il lui avait rétorqué que ce n'était pas son problème.

Kevin avait reçu un « avertissement » – c'était le terme que le proviseur avait employé – mais rien de plus, puisqu'aucun témoin n'avait pu préciser qui était à l'origine de la bagarre.

À partir de ce jour-là, la vie d'Elliot était devenue un enfer.

Il n'y avait plus eu de bagarres, sauf celle qui avait salué son départ du collège. Mais ce qui les avait remplacé fut presque pire.

Une campagne de rumeurs.

« Elliot pue. Elliot fait pipi au lit. Elliot est homo. »

Des rumeurs idiotes, puériles, que personne n'aurait dû croire. Mais les chuchotements avaient circulé, s'étaient répandus, multipliés, de plus en plus sophistiqués. Les élèves l'avaient dévisagé avec mépris, se moquant de lui avec méchanceté, singeant des positions obscènes, le menaçant.

Dans les vestiaires et sur les terrains de sport, les actes avaient largement dépassé les paroles.

Son sac de sport balancé dans les douches. De la boue ou pire, dans ses chaussures. Des coups brutaux dans les côtes et dans le dos. Des plaquages au sol d'une incroyable violence au rugby et au foot qui lui laissaient des marques partout sur les tibias et lui coupaient le souffle.

D'autres sévices, encore plus horribles. Des expériences trop humiliantes pour s'en souvenir.

Persuadé que s'il se défendait les choses ne feraient qu'empirer, Elliot ne réagissait pas. En revanche, il s'efforçait de devenir invisible, de passer inaperçu. Si personne ne le remarquait, peut-être le laisserait-on tranquille.

Rien n'y avait fait. Ils n'avaient qu'une seule obsession, qu'un seul plaisir, le traquer. Dans les couloirs, dans la cour de récréation, au réfectoire, à la bibliothèque. Partout. À toute heure.

À l'exception des salles de classe. Et encore. Là, ce qui pouvait arriver de pire, c'était qu'on lui flanque des claques, des coups de pied ou qu'on marche « sans le faire exprès » sur ses affaires de classe...

Jour après jour. Semaine après semaine. Mois après mois. Jusqu'à ce qu'il fût persuadé qu'il en avait toujours été ainsi et qu'il en serait toujours ainsi, jusqu'à la fin des temps.

La seule chose qui avait rendu cette situation

supportable, c'était qu'il avait réussi à la dissimuler.

* * *

Pour rien au monde Elliot n'aurait voulu que sa mère s'inquiète pour lui, en plus du reste.

Son père avait besoin qu'on s'occupe de lui. Trop handicapé, il ne pouvait rien faire seul : ni se laver, ni se raser, ni même couper ses aliments. Chaque matin, sa mère l'aidait à faire sa toilette et à s'habiller. Ensuite, elle partait prendre son service à la maison de retraite, où elle refaisait les mêmes gestes pour des gens qui avaient souvent quarante ans de plus que son mari. Lorsqu'il rentrait du lycée, Elliot la trouvait presque toujours noyée dans des montagnes de papiers.

Comment aurait-il pu lui faire partager ses ennuis ? Il ne voulait pas être une charge supplémentaire. De toute manière, tout ce qu'elle aurait pu faire pour l'aider n'aurait servi qu'à envenimer les choses.

Une fois par semaine, au moins, elle répétait :

– Promets-moi de me dire si on te fait encore du mal. Promets-le-moi.

Et chaque fois, il lui faisait la même réponse :

– Tout va bien. Je te le promets.

– Sûr ?

– Sûr !

Le croyait-elle vraiment ? Il se le demandait encore. Ou bien avait-elle seulement un tel désir, un tel besoin, de le croire qu'elle avait accepté le mensonge ?

***

Ils essayaient l'un comme l'autre de se raccrocher à une illusion du passé. Après avoir couché son père, sa mère le rejoignait et ils s'asseyaient tous les deux à la table de la cuisine pour bavarder, garder vivante la mémoire de l'époque où ils étaient ensemble, tous les trois.

C'était devenu un rituel : sa mère l'interrogeait sur sa journée. Il inventait des trucs – des incidents pendant les cours, des blagues, tout ce qui lui passait par la tête. Et elle, elle avait toujours une histoire sur ces « chères antiquités » comme elle appelait les résidants de la maison de retraite.

Il arrivait parfois qu'au beau milieu d'une anecdote, elle s'interrompe brusquement. Alors, il faisait tout son possible pour la ramener à son sujet. Sinon, c'était l'horreur. Elle fondait en larmes et il ne le supportait pas ; il ne savait jamais au juste comment réagir ; il s'efforçait de ne pas la regarder jusqu'à ce qu'elle se calme, qu'elle se mouche et lui dise en frissonnant :

– Pardon...

Il n'arrivait jamais à savoir si elle lui demandait pardon d'avoir pleuré ou si elle s'excusait d'autre chose.

Une fois couché, il lisait durant des heures – jusqu'à deux ou trois heures du matin, parfois même la nuit entière – jusqu'à ne plus pouvoir garder les yeux ouverts. Peu importait ce qu'il lisait pourvu que ça l'empêche de s'endormir, que ça retarde les cauchemars.

Même dans son sommeil, la peur ne le quittait pas.

* * *

Pendant ces années-là – ces trois interminables années – sa mère ne l'avait tenu au courant de rien.

En premier lieu, elle avait fait une demande d'indemnisation pour l'agression dont son mari avait été victime. L'État indemnisait en effet les personnes qui se retrouvaient handicapées suite à une agression. Le montant de la pension était calculé en fonction du handicap. Dans le cas de son mari, ce n'était pas une fortune, mais c'était suffisant pour acheter une modeste maison.

Ensuite, elle avait cherché un nouvel endroit pour vivre. Un endroit à l'écart de la ville et de tous les souvenirs qu'elle représentait. Un endroit où ils pourraient repartir de zéro.

Elle n'en avait pas parlé à Elliot. Elle voulait que ce soit une surprise, une fois que tout serait réglé.

Ensuite...

Il balaya le souvenir.

« Tout cela n'a plus aucune importance. »

Une nouvelle vie commençait. Pour eux trois.

* * *

La sonnerie le fit sursauter.

Il n'avait parlé à personne. Personne ne lui avait parlé.

« Mauvais. »

Ayant consulté le plan des salles affiché au tableau de service, Elliot se fraya un chemin dans les couloirs parmi des élèves qui se connaissaient déjà. Personne ne lui adressa le moindre regard.

« Très mauvais. »

Quand le professeur le désigna à l'attention de la classe comme nouveau, quelques élèves lui accordèrent un vague regard, puis l'ignorèrent.

« Très très mauvais. »

Il s'efforça néanmoins de rester positif.

« Au moins, je ne me suis pas fait remarquer. »

Mieux valait ne pas se faire remarquer du tout, que de l'être pour de mauvaises raisons.

CHAPITRE 4

Ici, à Holminster, contrairement à son ancien établissement, le proviseur n'avait pas besoin de demander le silence avant de prendre la parole. Tandis qu'il montait sur l'estrade, à l'entrée du préau, le brouhaha s'éteignit.

Le proviseur contempla les visages silencieux, attentifs, tournés vers lui et il sourit.

– Bienvenue à tous et à chacun. Et tout spécialement à ceux qui se joignent à nous pour la première fois. Je suis certain que cette année sera une bonne, une très bonne nouvelle année pour Holminster et je sais aussi que chacun d'entre vous possède les qualités pour prendre une part active à ce succès...

Les mots coulaient avec facilité, fluides,

comme si chaque phrase avait été apprise à la perfection.

– ... établir et renforcer les liens avec la communauté la plus large... maintenir notre réputation d'excellence tant sur le plan académique que sur le plan sportif... poursuivre la tradition de notre établissement...

Elliot se laissait baigner par les mots tout en se demandant comment il affronterait sa première épreuve.

Il n'aurait pas longtemps à attendre, il le savait.

* * *

Le premier signe inquiétant se manifesta à la récréation du matin.

Il était dehors depuis quelques minutes, cherchant le courage d'aborder quelqu'un, quand un garçon s'approcha. Il devait avoir le même âge que lui bien que légèrement plus grand et plus costaud. Il avait les cheveux blonds coupés court, peignés en avant, un visage aux traits anguleux à la fois sympathique et un peu sournois.

« Ne pas lui faire confiance. »

Ce fut la première pensée d'Elliot. Il avait trop souvent vu cette expression chez des gens dont la gentillesse n'était qu'une façade pour gagner votre confiance avant de vous...

Il s'efforça d'ignorer le tiraillement qui lui nouait l'estomac.

– Tu es nouveau ? demanda le garçon.

Elliot fit oui de la tête.

Il n'avait rien à gagner à ne pas être aimable.

– Comment tu t'appelles ?

– Elliot. Elliot Sutton.

Le garçon fronça les sourcils.

– Elliot ? Elliot comme « Ellie » ? C'est un prénom de fille, ça ?

Le ton de sa voix restait aimable et il gratifia Elliot d'un large sourire.

Elliot se ressaisit, lui rendit son sourire. Il s'était attendu à cette réflexion. S'il mordait à l'hameçon, il n'avait plus qu'à se suicider sur place.

– Elliot, rétorqua-t-il d'une voix ferme, Elliot comme « Elliot » !

Ils se regardèrent droit dans les yeux. Aucun des deux ne défiait ouvertement l'autre, mais aucun des deux n'était prêt à s'incliner. Une moitié d'Elliot s'étonnait de son audace, l'autre pensait : « Si tu laisses passer cette occasion, tu es fichu. Sois sûr de toi. Ne lui montre pas que tu as peur. »

Sans crier gare, le garçon baissa les yeux et lui tendit la main. Son sourire, si c'était possible, s'élargit encore.

– O.K. Va pour « Elliot ». Ravi de te connaître. Moi, c'est Olivier.

Stupéfait, Elliot serra la main qu'on lui tendait.

La sonnerie retentit, annonçant la fin de la récréation.

– On se voit au match, cet après-midi, dit Olivier.

Et il fila.

Elliot déglutit. Le goût de cette petite victoire virait déjà à l'aigre. Le match. Ce serait ça, la véritable épreuve.

* * *

Franchir la porte des vestiaires lui demanda une volonté suprême. Tout lui parut affreusement familier. Les vestiaires se ressemblaient tous : l'odeur aigre de transpiration, de vêtements humides et de talc pour les pieds. Le sol collant légèrement aux semelles des chaussures. Les garçons feignant de se bagarrer, s'amusant à faire des passes avec les chaussures de foot ou accusant le voisin de puer des pieds.

Il trouva un espace libre sur un banc et se changea sans un regard pour qui que ce soit – comme s'il se moquait éperdument que quelqu'un le regarde. Il attendait les railleries.

« Hé ! Visez un peu Elliot ! Je parie que celles

de mon hamster sont plus grosses... Dis donc, Elliot, t'es sûr que tu t'es pas trompé de vestiaire ? Les filles, c'est un peu plus loin dans le couloir... »

Il termina de lacer ses chaussures. C'était à peine croyable, mais les autres semblaient davantage s'intéresser aux passes de foot qu'à lui. Le professeur d'éducation physique apparut dans l'embrasure de la porte. Chacun s'affaira à s'habiller ou à se déshabiller, selon son rythme, intensément concentré sur ses boutons ou ses lacets. Le professeur s'avança dans la pièce. Bâti comme un catcheur, il masquait une bonne partie de la lumière.

– Qui est-ce qui fait ce chahut ?

Chacun baissa la tête, évitant son regard.

– On vous entend à un kilomètre ! Vous devriez être prêts depuis un quart d'heure. Si ça continue, je vous colle des tours de piste au lieu du match de rugby !

« Ce serait trop beau ! » pensa Elliot.

Il aurait adoré courir. Il ne détestait pas tous les sports. C'étaient les matchs qu'il détestait. Sentir le même géant de quatre-vingts kilos vous plaquer au sol ou vous tomber dessus six fois par match et, qui plus est, le faire exprès, sous les yeux du prof qui s'en rendait parfaitement compte, qui ne disait rien et s'en réjouissait même sous cape... Se faire engueuler pour une passe maladroite alors que le ballon était si difficile à garder, glacé et glissant à cause de l'épaisse croûte de boue qui l'enveloppait...

Olivier avait filé sans échanger un mot avec Elliot. Celui-ci s'éloigna au petit trot dans le froid soleil d'hiver, la poitrine serrée, le cœur battant déjà à tout rompre. C'était le moment où, sans prévenir, tout son talent de comédien risquait de l'abandonner.

Mais, à sa grande surprise, les choses ne s'enchaînèrent pas trop mal. Il courut juste assez pour convaincre à la fois M. Philips et les autres joueurs qu'il avait une raisonnable envie de récupérer le ballon – même s'il s'était fait plaquer au sol trois secondes après l'avoir attrapé pour la première, et dernière fois.

Un autre élève fut moins chanceux : un grand échalas, défiguré par un chapelet d'affreux boutons rouges sur le front et un nez gercé. Presque toutes les passes semblaient lui être destinées. S'il rattrapait le ballon, il était instantanément plaqué au sol, écrasé face contre terre jusqu'à ce que son visage ne soit plus qu'un masque boueux. Par deux fois, Elliot vit très clairement une main perverse lui maintenir la tête dans la boue, son adversaire veillant à ce qu'il s'en prenne un maximum. Quand il ne rattrapait pas le ballon, c'est-à-dire le reste du temps, les autres membres de son équipe le fusillaient du regard.

À la fin du match, Elliot et son équipe avaient perdu 16 à 34. Il remarqua que le garçon au nez gercé traversait le terrain parmi les derniers.

Au vestiaire, Elliot retira rapidement ses vêtements maculés de boue et fila vers les douches. Il avait hâte de quitter le secteur. Les joueurs les plus passionnés de son équipe semblaient furieux de leur défaite et il ne voulait pas risquer d'être la cible de leur frustration.

Il laissa l'eau chaude chasser la saleté et la transpiration.

– Beau match ! fit un type à côté de lui. (Il se souvint vaguement de l'avoir aperçu en classe d'anglais, le matin.)

– Ouais, dit-il, laissant filtrer dans sa voix un enthousiasme de bon ton.

Soudain, l'entrée des douches fut bloquée. Stewart Masters, le capitaine de son équipe, un avant-centre bâti comme une armoire à glace qui avait un jeu agressif et balayait ses adversaires d'un simple revers du bras, apparut dans l'encadrement. Toujours en tenue de rugby, il fulminait.

« Ne me regarde pas, je t'en supplie ! » pria Elliot, qui rejeta la tête en arrière pour laisser l'eau couler le long de son visage, s'efforçant de donner le change. Il était frigorifié malgré la morsure brûlante de l'eau dont la vapeur inondait l'espace étroit de la douche.

Lorsqu'il rouvrit les yeux, Stewart avait disparu.

« Merci, mon Dieu. »

Elliot regagna la pièce principale du vestiaire et commença à se sécher.

– Le voilà ! Je l'ai trouvé ce geignard.

Un silence de plomb tomba dans les vestiaires.

Elliot s'immobilisa. Personne ne s'intéressait à lui. À l'autre bout de la salle, Stewart Masters avait empoigné le garçon au nez gercé et lui tirait les cheveux.

Tous les autres s'étaient métamorphosés en statues de sel. L'air était immobile, suspendu, lavé comme par magie de toutes les odeurs – de corps, de transpiration, de vêtements humides – et de tous les bruits – de douches, de respiration ; de tout ce qui pouvait détourner l'attention de la scène en cours.

La voix de Stewart s'éleva, mielleuse, au milieu du silence.

– Baker, tu n'es qu'une pauvre loque. Répète !

– Je ne suis qu'une pauvre loque.

La voix était monocorde, presque désincarnée.

– Plus fort, Baker. Je veux que tout le monde entende.

– Je ne suis qu'une pauvre loque.

– Une loque puante ! Une loque puante qui ne prend jamais de bain !

– Une loque puante qui ne prend jamais de bain.

– Tu es répugnant, Baker.

– Je suis répugnant.

– Est-ce que je t'ai dit de parler, sale vermine ? Espèce de tache immonde ! Est-ce que je te l'ai dit ?

Stewart lâcha les cheveux du garçon. La tension ne retomba pas pour autant. Chacun savait qu'autre chose allait suivre. Elliot tenait sa serviette devant lui, par instinct, comme pour se protéger. L'atmosphère sembla glaciale soudain. Il en eut la chair de poule.

Stewart poursuivit.

– Baker, espèce de cochon puant ! Déshabille-toi et file sous la douche !

Lentement, le garçon se déshabilla, déposant avec soin ses vêtements sur le banc en bois derrière lui. Sa peau était d'une blancheur maladive. Un peu comme celle d'un fantôme ou celle d'un cadavre animé d'une force surnaturelle. Nu, il traversa tout le vestiaire et entra dans les douches.

Tout était immobile.

Stewart balaya la pièce du regard.

– Un volontaire ! Vite ! Avant que Phillips

rapplique. (Il désigna Olivier.) Toi. Tu es volontaire, tu t'occupes des robinets.

Sachant visiblement ce qu'on attendait de lui, Olivier se dirigea vers l'enchevêtrement de tuyaux et de manettes qui contrôlait le débit et la température de l'eau dans les douches. D'une main experte, il dévissa l'une des manettes.

– Une bonne douche froide, Baker, ça te débarrassera de toute cette crasse. (Stewart désigna deux autres garçons.) Toi et toi : corvée de vêtements. Exécution !

Eux aussi connaissaient la routine : les vêtements de Baker prirent le chemin des douches.

Combien de fois ce genre de scène avait-il eu lieu ? Contre Baker ou contre un autre. Quelque chose dans le déroulement des opérations donnait l'impression d'une mise en scène bien huilée, grâce à une pratique régulière.

– C'est quoi ce foutoir ?

En un éclair, « l'image fixe » se remit en marche.

Le professeur d'éducation physique entra, se dirigeant droit vers les douches.

Elliot enfila rapidement son caleçon et son pantalon, le cœur battant la chamade.

« De quoi as-tu si peur ? persifla une petite voix. Tu n'as rien fait. »

Le professeur revissa une des manettes le long du mur et le bruit de l'eau qui venait des douches diminua.

– Sors de là !

Baker réapparut dans le vestiaire, ses mains croisées devant son entrejambe, sa maigre silhouette tremblante de froid.

– Tu ne devrais pas être en train de t'habiller, Baker ?

Sa voix trahissait l'impatience.

Gêné, le garçon amorça un demi-tour en direction des douches.

– Pour l'amour du ciel !

M. Phillips balaya toute la pièce du regard. Stewart Masters le fixa droit dans les yeux, le provoquant avec effronterie. Elliot se souvenait d'avoir vu son nom en lettres d'or sur le tableau d'honneur du rugby. Il sentit que le professeur évaluait la situation.

Il se tourna de nouveau vers Baker.

– Récupère tes affaires et habille-toi. Et que ça saute ! (Il se tourna vers le reste du vestiaire.) Quant à vous autres. Vous avez trois minutes, sinon je vous colle tous sous la douche froide !

Elliot termina de nouer sa cravate, enfila son blazer et sortit sans laisser à quiconque une chance de lui adresser la parole.

« Ne pas se faire repérer. »

Mais il le savait, ce n'était qu'une question de temps. Alors il rejoindrait Baker sous ces fichues douches.

« Rien ne sera différent ici. Rien. J'étais stupide d'imaginer le contraire. »

CHAPITRE 5

Les deux semaines qui suivirent ce premier jour se déroulèrent dans une angoisse et un désespoir croissants.

Il portait les bons vêtements. Il avait la bonne coupe de cheveux. En classe, la place appropriée – ni trop devant, ni trop derrière. Pourtant, il savait que ce n'était pas suffisant. Les années passées dans ses anciens établissements scolaires lui avaient servi de leçon : toute tentative destinée à ne pas se faire repérer était vouée à l'échec. Parmi les élèves, il y en avait toujours qui consacraient leur temps à débusquer ceux qui s'appliquaient à passer inaperçus.

En clair, il n'avait aucune chance de réussir.

Par conséquent, il devait au moins s'assurer d'être remarqué en positif.

« Bravo, Einstein ! Dix sur dix pour cette brillante logique. Maintenant il ne te reste plus qu'à mettre au point une stratégie... »

Il avait une théorie : se faire repérer en positif impliquait de se démarquer des autres tout en ne sortant pas du lot. En d'autres termes, faire preuve d'un « truc » qui fasse dire à quelqu'un : « Tiens, il a quelque chose ce garçon. » Ça pouvait être le charisme, la force physique, un don pour la guitare ou le football... N'importe quoi, pourvu que ça permette de se démarquer juste assez pour ne pas sortir du lot.

Dans son précédent établissement, il n'avait pas su s'y prendre – et on l'avait repéré pour de mauvaises raisons. Il ne supporterait pas que ça recommence ici.

Hélas, il partait avec un sérieux handicap : il arrivait en seconde et, comble de malchance, au beau milieu de l'année scolaire. La plupart des amitiés, des alliances étaient scellées depuis belle lurette.

Il lui fallait un tremplin. Une occasion grâce à laquelle il pourrait amener les autres à le considérer d'un point de vue différent. Et vite. Avant qu'ils ne se penchent sur son cas et ne décident de le distinguer en négatif.

Chaque jour, il allait scruter le tableau de service dans l'espoir de trouver un groupe auquel se joindre – le meilleur chemin vers l'intégration. Il existait une foule d'activités scolaires : échecs, groupes de paroles, chorales, maths, théâtre...

Une fois ou deux, il avait failli sortir son stylo de sa poche, mais chaque fois il avait renoncé. Participer à une de ces activités pouvait être un ascenseur vers l'intégration, mais aussi avoir l'effet inverse, à savoir le faire passer pour un crétin, un minable.

« Fais-toi remarquer dans le mauvais sens et tu signes ton arrêt de mort. »

Football... rugby... tennis... nouveaux joueurs recherchés... Dans ce lycée, si on était bon en sport, on était visiblement classé « mec réglo », du moins par ceux qui comptaient. Malgré tout, les mains moites, il finissait toujours par renoncer. Incapable de se décider. Non seulement il ne raffolait pas du sport, mais en plus il était mauvais. Le match de rugby du lundi après-midi représentait soixante-dix minutes d'angoisse qui lui nouaient l'estomac.

« Fais-toi remarquer dans le mauvais sens et tu signes ton arrêt de mort. »

* * *

Enfin, la troisième semaine, une planche de salut se présenta. Une annonce demandait des garçons de seconde, ou plus, pour l'équipe de natation.

Il était bon nageur – il pouvait se rendre cette justice. C'était un fait, pas une vantardise. Quand il était petit, à la piscine municipale, alors que ses copains barbotaient ou faisaient la queue aux toboggans, lui préférait déjà enchaîner les longueurs. Il avait appris tout seul à fendre l'eau plutôt qu'à la combattre, à augmenter son endurance, à exécuter différents mouvements de bras. Ses copains se moquaient de lui, mais il s'en fichait. Ils ignoraient ce qu'ils rataient.

À ses yeux, la natation n'était pas un sport. L'objet d'un sport c'est la compétition, c'est être conscient de l'existence des autres et chercher à les vaincre. Lorsqu'il nageait, il ne ressentait rien de tout ça – il était dans un monde à lui, un monde libre, loin des autres...

C'était sa chance.

« Peut-être ma seule chance. Je vous en supplie, faites que je ne me trompe pas. Faites que je réussisse. »

* * *

Les épreuves de sélection avaient lieu jeudi après les cours. En arrivant à la piscine de Holminster, il se sentait faible et malade.

Le vestiaire était plein à craquer. Tandis qu'il se changeait, plusieurs garçons le détaillèrent sans vergogne des pieds à la tête – encore une raison pour laquelle il détestait le sport. Il était parfaitement conscient de son petit gabarit, de ses bras et ses jambes maigres, mais aussi des muscles déliés qui s'y rattachaient. Ils étaient tous beaucoup plus costauds que lui dans ce vestiaire. Il remarqua même deux types avec de vraies « tablettes de chocolat ». Il fit en sorte de ne croiser le regard de personne.

Quelques murmures peu discrets s'élevèrent çà et là.

– C'est interdit aux moineaux, ici !

– Prévenez-le que la crise alimentaire, c'est en Afrique...

L'estomac noué, il traversa le vestiaire en direction du bassin.

Il fut appelé parmi les premiers. Il y eut un instant atroce où il crut qu'il allait se trouver mal. Puis l'impression s'effaça. Il se retrouva avec quatre autres garçons face à un homme au crâne carré, vêtu d'un survêtement, qui leur expliqua la routine : le pistolet de départ, le plongeon, vingt longueurs de crawl.

Elliot prit position. Ses doigts de pieds agrippèrent le rebord de la piscine. Il concentra son regard sur l'eau, droit devant lui.

« Ma seule chance. »

Il abaissa ses lunettes de natation sur ses yeux, vérifia qu'elles étaient bien serrées. Prit une profonde respiration, retrouvant l'odeur familière, propre, chimique, du désinfectant de piscine. Il se tendit, prêt pour le pistolet du départ. Autour de lui, les autres nageurs faisaient certainement de même, mais il était à peine conscient de leur présence, ils n'avaient plus d'importance. La seule réalité, à présent, la seule réalité valable, c'était son corps et l'eau en dessous.

Soudain, l'angoisse s'effaça.

« Je peux le faire. »

Il entendit le pistolet. Alors...

Il perça la surface de l'eau. Plongea... mais pas trop profond.

Remonta. Fit surface.

Fendit l'eau. Rapidement mais en douceur. Chaque moitié de lui dialoguant avec l'autre, un langage silencieux qu'il n'aurait pas su expliquer à quelqu'un ne l'ayant pas déjà éprouvé.

Un, deux, trois... huit... quinze... vingt.

Il toucha le mur. S'arrêta.

Le cœur battant à tout rompre. Prêt à lâcher.

Puis s'apaisa.

Il se hissa hors du bassin – le haut-parleur annonçait qu'Elliot Sutton avait été le plus rapide de ce groupe et que les cinq nageurs suivants devaient prendre position.

À la fin des épreuves de sélection, il arriva troisième au classement général ; autrement dit, il intégrait l'équipe de natation du lycée de Holminster. C'était aussi simple que ça. Il serra la main du type au crâne carré et survêtement, qui n'était autre que l'entraîneur, puis il eut les doigts écrasés par la poigne d'un gars qui, lui, était le capitaine de l'équipe. De retour dans les vestiaires, l'attention dont il fut l'objet se manifesta, cette fois, par des hochements de tête amicaux et des regards admiratifs.

« J'ai réussi ! Je me suis fait remarquer pour une bonne raison ! »

Il en aurait pleuré de soulagement et de bonheur. Maintenant, il lui fallait être à la hauteur de la nouvelle attention dont il faisait l'objet sous peine d'en rompre la magie.

Au moment où il partait, quelqu'un lança nonchalamment : « La semaine prochaine, je te battrai ! » Sans doute aurait-il dit la même chose à n'importe quel vainqueur, mais ce n'était pas ça l'important. L'important, et c'était toute la différence, c'était qu'il s'adressait à lui, Elliot.

Il rentra chez lui, flottant sur un petit nuage rose, se répétant en boucle « la semaine prochaine, je te battrai... la semaine prochaine, je te battrai... » C'était à peine croyable. Il avait réussi.

À partir de maintenant, tout serait différent. Il le savait.

« Finis les peut-être. »

***

Il n'était pas devenu une célébrité du jour au lendemain. Les gens ne se ruaient pas sur lui, ne l'acclamaient pas quand il passait dans le couloir. Personne ne lui proposait d'entrer dans une autre équipe ou un autre groupe. Il n'avait pas non plus gagné une centaine de « meilleurs » amis.

Il s'était tout simplement fait remarquer pour son talent.

Il n'était plus le gamin qui jetait des coups d'œil inquiets autour de lui pour voir si quelqu'un l'avait repéré et qui paniquait intérieurement dès qu'il croyait que c'était le cas. Si on le saluait, c'était avec sympathie – du moins, sans antipathie : un hochement de tête, un léger sourire, un pas en arrière pour le laisser passer. Un garçon qu'il ne connaissait pas l'invita au bowling et lui présenta deux filles qui étaient dans sa classe – elles étaient tellement ivres qu'elles firent à peine attention à lui.

Et puis, il y avait l'équipe de natation : un espace où il s'intégrait parfaitement et où il était respecté à l'égal des autres. Il y avait trois séances d'entraînement par semaine, toutes avant les cours, mais il était heureux de se lever tôt et supportait de bonne grâce les hurlements de l'entraîneur en échange des plaisanteries chaleureuses et décontractées dans les vestiaires et de la compagnie sur le chemin du lycée.

Une seule ombre vint obscurcir le tableau.

***

Cela se produisit le lendemain matin des épreuves de natation. Elliot avait à peine franchi les grilles de l'école qu'Olivier, qui ne lui avait pas adressé la parole depuis le jour de la rentrée, s'approcha de lui et lui tendit la main.

– J'ai appris pour hier soir. Bien joué.

– Merci.

Elliot était sur ses gardes, soucieux de ne pas paraître trop enthousiaste. Olivier appartenait peut-être à ces lèche-bottes qui s'accrochent aux basques de la coqueluche du mois, prêts à tout pour obtenir l'amitié des gens importants, espérant être vus en leur compagnie afin de ramasser une miette de leur gloire. Encore qu'Olivier ne semblât pas entrer dans cette catégorie de personnes. Il avait un air nonchalant et sûr de lui, à tel point qu'il donnait même l'impression de se moquer qu'Elliot l'apprécie ou pas.

« Dans un cas comme dans l'autre, ça m'est bien égal ! » songea Elliot.

Un silence s'installa. Olivier ne semblait pas pressé de parler. Elliot chercha quelque chose à dire. Mais, brusquement Olivier ajouta :

– Tu as un problème.

– C'est-à-dire ?

Elliot fut instantanément sur le qui-vive, prêt à affronter les ennuis. On l'avait si souvent piégé de cette façon. « D'abord les sourires, puis... »

– Tu as un problème parce que tu ne sais rien.

La phrase sonnait comme une déclaration de fait. Elliot en fut déconcerté, ne sachant pas comment réagir. Sa poitrine se noua.

Olivier sourit.

– On ne sait jamais rien quand on arrive à Holminster. Si tu fais partie des malchanceux, tu risques de le découvrir à tes dépens – avant que quelqu'un ne te mette en garde. Mais parce que je t'aime bien, je vais t'apprendre comment les choses se passent ici. Considère-moi comme ton guide bienveillant.

Sa voix restait amicale, cependant Elliot y décela une autre nuance, à la fois précise et indiscernable. Qui le rendit nerveux. La voix intérieure qu'il avait déjà entendue dans les vestiaires lui souffla : « Fais attention à tout ce que tu dis, désormais. »

Olivier balaya la cour du regard, soucieux de bien montrer qu'il était inquiet que quelqu'un les observe ou les écoute. Apparemment rassuré, il se tourna vers Elliot.

– Il faut que je te parle des Gardiens.

Elliot sentit tressauter sa pomme d'Adam, même si ce nom ne lui disait rien.

– Pourquoi... pourquoi dois-je savoir qui sont ces... Gardiens ?

Olivier hocha lentement la tête, sans perdre son sourire.

– La question n'est pas que toi tu veuilles ou non savoir. La question est que les Gardiens veulent que tu saches. Pour ta propre... santé et sécurité.

Elliot refoula l'horrible malaise qui le submergeait. Il devinait sans peine ce dont Olivier voulait parler.

– Les Gardiens sont les caïds du lycée... C'est ce que tu cherches à m'expliquer, n'est-ce pas ?

Olivier éclata de rire.

– Pas vraiment. Non. Les Gardiens ne sont pas des... caïds. Il faut plutôt les considérer comme des... organisateurs. Les Gardiens contrôlent les caïds – bien que je ne sois pas certain qu'ils apprécieraient ce terme. Les Gardiens... organisent les choses. Je m'explique.

Dans les classes, ce sont les professeurs qui ont l'autorité. D'accord ? C'est leur territoire. Mais à l'extérieur, ils ne dirigent plus rien. Rien du tout. Tu piges ? Parce qu'à l'extérieur, ici par exemple, c'est le territoire des Gardiens. Ici, tout ce qui arrive, ce sont les Gardiens qui en décident. Si un garçon est puni, c'est parce que les Gardiens l'ont décidé. Ils choisissent celui qui reçoit la punition et celui qui la donne. Parfois, ils choisissent simplement celui qui doit être puni et laissent la nature suivre son cours. Tu comprends ce que je veux dire ?

« Gardiens... punition... sélection... »

Des mots sophistiqués pour parler de choses horriblement familières : caïds, violences, menaces.

– Consulte régulièrement le tableau de service. C'est là que les sélections spéciales sont annoncées. Celles auxquelles tu as l'obligation d'assister. Cherche un petit carré de papier jaune.

Elliot se demanda s'il était censé faire une remarque, un commentaire. Il s'efforça de paraître calme, de bien montrer qu'il n'était ni troublé ni impressionné.

– Super ! Mais j'imagine que ce n'est pas toujours aussi simple ? Qu'est-ce qui arrive si un gars décide qu'il a juste envie d'en tabasser un autre ?

Olivier répondit avec simplicité.

– Ça ne se passe pas comme ça ici. On ne ressemble pas aux autres établissements. Tu t'en rendras compte très vite.

Là encore, Elliot sentit qu'il ne s'agissait pas d'une menace, et pourtant, quelque chose dans le ton d'Olivier le déstabilisa.

La première sonnerie retentit sans que celui-ci réagisse.

– Il y a une chose que tu ne dois pas oublier : quand les Gardiens choisissent un élève, c'est qu'il a cherché les ennuis. On ne te sélectionne pas si tu n'as rien fait. Je te l'ai dit, nous sommes différents, à Holminster.

Elliot se souvint du garçon au nez gercé, dans le vestiaire – comment s'appelait-il déjà ? Baker ? On pouvait dire que ce genre de garçon cherchait les ennuis... Non, ce n'était pas ça non plus... Il ne cherchait pas... C'était plutôt comme s'il... attendait... Oui, voilà. Certains gamins attendaient les ennuis. On ne les repérait pas parce qu'ils avaient dit ou fait quelque chose, on les repérait parce qu'ils ne faisaient même pas semblant de donner le change. Ils étaient des perdants, des victimes, des proies faciles et ils attendaient que la nature suive son cours.

Elliot le savait bien, lui qui leur avait ressemblé, lui qui s'était comporté comme eux. Son visage, son attitude physique, tout en lui émettait ce même signal : « Je vous attends, venez me chercher. »

Or, c'était exactement ce qu'ils espéraient.

Il frissonna intérieurement.

Olivier n'avait pas bougé. Tout le monde était entré.

Elliot aurait bien voulu s'éclipser, mais il ne voulait surtout pas montrer qu'il avait peur.

– Ces Gardiens, ils ont des noms ? Qui dois-je chercher ?

Olivier le dévisagea avec attention.

– Quelle importance ? À ta place, je m'assurerais surtout qu'il n'y ait pas de raison pour que mon nom parvienne jusqu'aux Gardiens. Tu saisis ?

Il tourna les talons et s'éloigna.

Pas une menace – un avertissement. Elliot comprenait soudain que ce dernier avait toujours été latent : c'était la nuance d'ironie qu'il n'avait pas su détecter auparavant dans la voix monocorde et le sourire mièvre d'Olivier. Olivier en savait plus – beaucoup plus – qu'il ne l'avait révélé. Peut-être même était-il un de ces Gardiens dont il parlait ? Et il voulait qu'Elliot le sache.

Pourquoi ? Parce qu'il aimait se vanter ? Ou pour une raison plus sinistre... Un message codé, une manière de lui dire : « Tu ne réussiras pas à me tromper. Tu peux essayer par tous les moyens de prétendre être quelqu'un d'autre, mais je saurai toujours qui tu es. »

Elliot tremblait.

« Je ne suis pas en sécurité ici. Ni ici. Ni ailleurs. Nulle part. »

* * *

Plusieurs semaines s'écoulèrent et, dans l'esprit d'Elliot, l'avertissement d'Olivier s'estompait.

Si les Gardiens existaient, ils étaient aussi secrets que s'ils avaient été invisibles. Elliot n'était pas assez lié à qui que ce soit pour poser ouvertement des questions, aussi avait-il observé, écouté, espérant surprendre au moins l'écho d'un nom. Rien. Personne n'en parlait. Aucun carré de papier jaune n'apparaissait sur le tableau de service.

Il en vint à se demander si Olivier n'avait pas inventé toute cette histoire. Peut-être avait-il cette habitude auprès des nouveaux – afin de se faire passer pour une sorte de délinquant et se donner de l'importance. Toutes ces idées de « punitions », de « sélections » pouvaient sortir directement d'un film. Plusieurs fois, il avait cherché à parler à Olivier, mais chaque fois qu'ils s'étaient croisés, celui-ci s'était manifestement défilé : « Je suis pressé », « À plus ! », « On se voit demain ! »...

Jour après jour, Elliot se rendit compte qu'il respirait plus facilement, qu'il regardait autour de lui, qu'il écoutait avec moins d'anxiété. Sa théorie était la bonne. « Si on te remarque pour une raison positive, tu es sauvé. » À Holminster, personne ne s'intéressait à lui.

Ils s'intéressaient à d'autres.

Au garçon au nez gercé, par exemple.

À un gamin qui bégayait.

À un élève qui se faisait visiblement couper les cheveux par sa mère.

À deux garçons de la classe d'Elliot qui traînaient toujours ensemble à la récréation.

Aux rondouillards.

Aux chétifs...

Au début, Elliot n'y avait pas vraiment prêté attention, il n'en avait pris conscience que progressivement.

Dans la cour de récréation. Des bandes de garçons se dispersaient, abandonnant dans un coin quelqu'un sur le sol, allongé, recroquevillé, serrant maladroitement une main blessée, une jambe, un bras, un ventre, une hanche...

Dans le couloir. Dans la classe. Des mouvements de foule à peine perceptibles mettaient en contact des poings, des pieds, des coudes avec des parties plus tendres du corps, provoquant de brefs cris de douleur, aussi vite étouffés.

Une violence subtile.

« Ils ne sont pas après moi. Ils s'intéressent à moi pour de bonnes raisons. »

Pour la première fois depuis trois ans, il entrevoyait l'espoir de vivre sans avoir peur.

***

Pour la première fois aussi, il préférait être à l'école plutôt qu'à la maison. Sa mère était tout le temps fatiguée – trop fatiguée pour lui parler, en tout cas. Tout ce qu'Elliot tirait d'elle c'était un sourire las. Ils mangeaient en silence.

Il n'était pas rare que, se réveillant aux premières lueurs du jour, il entendît sa mère pleurer au rez-de-chaussée. Il essayait d'ignorer ses sanglots, se persuadant qu'elle préférait qu'il la laisse tranquille. C'était d'ailleurs l'impression qu'elle donnait presque constamment, à présent.

Il se mit à détester la maison.

***

Sur le chemin de la récréation du matin, le jour de la rentrée des vacances de février, alors qu'il saluait un vague copain, il était loin de se douter que quelque chose allait changer.

Et pourtant, l'instant d'après, tout bascula.

CHAPITRE 6

Quelqu'un le tira par le bras.

C'était Olivier, excité, le visage congestionné. Il entraîna Elliot comme un enfant capricieux.

– Viens ! On va être en retard !

– Qu'est-ce que tu racontes ? (Machinalement, Elliot allongea le pas.) En retard pour quoi ?

Olivier tendit une main.

– Pour la sanction.

Elliot suivit des yeux la direction que lui indiquait Olivier : des élèves se pressaient vers les sanitaires. D'instinct, Elliot vérifia du regard si des professeurs surveillaient le mouvement et se rapprochaient du lieu de réunion. Il n'en vit pas un seul. Dans son ancien établissement circulait une plaisanterie classique : « Les profs sont comme les autobus, ils n'arrivent jamais quand on les attend. Ensuite, ils se pointent toujours par trois ! »

– Viens ! insista Olivier.

Elliot se retrouva en train de courir, pressé par un étrange et douloureux sentiment d'urgence. Il n'éprouvait aucun désir de découvrir ce qui se tramait, mais refuser ou hésiter l'aurait stigmatisé aux yeux d'Olivier.

Une trentaine de garçons s'entassaient dans le petit pavillon. Olivier se faufila au milieu d'eux, traînant Elliot derrière lui. Personne ne protesta.

Ils se retrouvèrent devant la cabine des WC, au premier rang d'une foule assoiffée, impatiente, d'où s'échappait une clameur, assourdissante dans cet espace clos, qui ne faisait qu'accroître son excitation.

L'estomac d'Elliot se noua. Respirer devenait difficile, l'air était confiné, moite, étouffant en raison du nombre. Mais il n'y avait pas que ça. Les odeurs mêlées d'urine fétide et de puissant désinfectant lui évoquaient des souvenirs qu'il aurait préféré oublier. Il savait exactement ce qui allait suivre. Il fallait qu'il sorte.

Il pivota pour fendre la foule, mais se

retrouva face à une masse compacte, inébranlable. Il était piégé. Les souvenirs, le passé se préparait à remonter, à jaillir, à frapper.

Soudain, comme si on avait pressé un bouton, le silence s'établit.

Une voix lança :

– On arrive !

La foule s'écarta pour laisser passer trois garçons jusqu'au centre du demi-cercle. Elliot reconnut un type du rugby dont il ignorait le nom ; c'était un des costauds qui s'était mis en colère parce qu'ils avaient perdu le match. L'autre, légèrement plus âgé, avait des cheveux bruns coupés court et hirsutes.

Ils traînaient par les bras un troisième garçon qui, par comparaison, semblait ridiculement petit, une sorte de poupée de chiffon qui aurait rétréci au lavage. Son uniforme était immaculé : chemise d'un blanc étincelant, cravate impeccablement nouée, pli de pantalon droit comme une lame de couteau. Il regardait fixement devant lui, cillant à peine des yeux, son visage mince d'une pâleur extrême.

Elliot savait quels efforts surhumains il déployait pour ne pas montrer sa peur.

La foule attendait en silence.

Le garçon qu'Elliot avait reconnu balaya le public du regard en souriant, tout en se caressant le menton.

« Il le fait exprès », se dit Elliot, l'estomac noué, le cœur cognant sous la poitrine. « Il cherche à se mettre le public dans la poche, à faire monter la pression. »

Il ravala sa peur.

« Pour l'amour du ciel, finissons-en ! »

Brutalement, sans crier gare, l'autre garçon balança un coup de pied dans la porte des toilettes du milieu, qui heurta la mince cloison à grand fracas. Puis, se tournant face à la foule, il désigna quelqu'un à droite d'Elliot.

– Toi, retire-lui sa veste ! ordonna-t-il.

Puis à l'adresse d'un autre :

– Toi, son pantalon !

Elliot ne voulait pas regarder, mais il n'avait pas le choix. Et devant ce spectacle, il lui fut vite impossible de refouler ses souvenirs. Le passé jaillit, se cabra, rua tous azimuts, le frappant, le déchirant, jusqu'à ce qu'il ne soit plus capable de faire la différence entre ce qui se déroulait sous ses yeux et ce qui lui était arrivé alors...

* * *

Des dizaines de paires de mains se disputent pour baisser son pantalon sous ses genoux, pour l'empêcher de balancer des coups de pied ; ces mêmes mains retournent son blazer bas sur ses coudes, pour l'empêcher de se débattre. Il est sans défense, incapable de résister...

Alors, ils l'approchent de la cuvette.

– Balancez-le !

– Noyez l'avorton !

– Qu'il hurle !

Des mains s'abattent sur son cou, lui bloquent la tête en bas contre la cuvette de faïence sale. L'odeur de désinfectant et d'urine brusquement plus forte lui arrache le nez et la gorge. Le froid de la cuvette contre son front le transperce.

Ensuite, l'étouffement, le crachotement qui précède l'arrivée de l'eau.

Le flux de l'eau qui gagne, qui remonte dans le nez, dans les yeux, dans les oreilles.

« Je ne peux plus respirer. »

Il boit la tasse, son estomac se soulève, l'âcreté de l'eau l'étouffe, la puissance du jet, aussi.

On le ramène à l'air libre – le saisissant par les cheveux, ses bourreaux lui redressent la tête, attentifs à ne pas se tacher –, le temps d'une bouffée d'air. Puis, il replonge aussi sec la tête la première, encore une fois, puis encore et encore... Parfois jusqu'à cinq ou six fois de suite – au gré de l'envie... ou de l'ennui des participants...

* * *

Quelle haine, quel dégoût de lui-même il éprouvait alors de subir ces humiliations sans se révolter.

Quelle haine, quel dégoût il éprouve aujourd'hui d'accepter sans broncher qu'un autre les subisse.

Il rentra le ventre à s'en couper le souffle, comme pour cacher son horreur, sa peur, son dégoût. Il serra les poings de plus en plus fort jusqu'à ce que les jointures le brûlent, jusqu'à ce que les ongles lui déchirent les paumes.

« Arrêtez ! Arrêtez ! Ça suffit ! Stop ! »

Six chasses d'eau plus tard, le public commença à se lasser et à se disperser.

Olivier s'était éclipsé quelque part dans la foule. Elliot s'astreignait à rester sans réaction, laissant les corps se mouvoir autour de lui. Il ne pouvait pas partir ainsi. Et si le garçon était blessé ? Au moins, il pourrait...

« Fiche le camp ! Tu crois vraiment que tu peux faire quelque chose ? Tu vas tout détruire ! » hurlait l'autre moitié de lui-même.

Tout le monde était parti. Il ne restait plus personne pour le voir, plus personne pour s'intéresser à lui. Pas même le gamin qui avait été « sanctionné ».

Sur le sol, il aperçut une petite boîte noire,

juste au centre de la cabine des toilettes. Il la ramassa. À l'intérieur, il y avait un rouleau de pellicule. Quelqu'un avait dû la perdre. Difficile d'imaginer que l'un des deux bourreaux soit le photographe. Donc, ce rouleau devait appartenir à la victime.

Il ne voulait plus être mêlé à ce qui venait de se passer, mais il ne pouvait pas se résoudre à jeter cette pellicule à la poubelle. Peut-être contenait-elle quelque chose d'important ? Et même s'il se trompait, c'était mal de la détruire. Il l'enfouit dans la poche de sa veste.

Dehors, il leva les yeux vers les fenêtres qui donnaient sur le pavillon des toilettes. C'étaient celles de la salle des professeurs. Était-il possible que pas un professeur n'ait remarqué quoi que ce soit ? À l'heure de la récréation, la salle devait être pleine à craquer. Fallait-il qu'ils soient aveugles... À moins qu'ils n'aient peur. Ou qu'ils s'en fichent tout simplement. Exactement comme dans son ancienne école.

Là-haut, dans leur salle douillette qui puait la cigarette et le café bon marché, ils étaient en sécurité, bien à l'abri de tous les dangers. Au moins, à Holminster, il n'y avait pas ce stupide panneau en majuscules rouges : « Entrée interdite, sauf en cas d'urgence ou si la Loterie nationale sort le gros lot ! » N'empêche, c'était du pareil au même. Ici, il y avait peut-être des vitres fumées et des boiseries aux murs alors que dans l'autre école le béton était fissuré et le plâtre écaillé – mais à l'intérieur, c'était exactement pareil.

Aucune fuite possible. Aucune. Jamais.

* * *

La nuit était calme et tranquille. Mais dans son lit, Elliot n'arrivait pas à trouver le sommeil.

Des images et des bribes de conversation tournaient en boucle dans sa tête. Le gamin dans les toilettes, la tête bloquée dans la cuvette, une fois, deux fois, trois fois... L'eau qui giclait, une fois, deux fois, trois fois...

« On ne te choisit pas sans raison valable. »

Le visage d'Olivier, rouge d'excitation. Son propre souffle, haletant de peur. La sueur qui perlait sur sa lèvre supérieure. Le vacarme. La chaleur.

« Je ne peux plus respirer. »

Il s'allongea sur le dos, désespérant de trouver une position confortable.

Il fixa le plafond. De loin en loin, les phares des voitures dessinaient des entrelacs d'ombre et de lumière. Autrement, ce plafond n'offrait aucun intérêt. À l'inverse de celui de son ancienne chambre, où des bourgeonnements de moisissure avaient creusé leur sillon à partir d'un angle jusqu'à transformer la surface en un patchwork alambiqué de noirs et de verts. Elliot avait pris l'habitude d'en observer l'évolution ; il attendait chaque passage de phares pour vérifier si les lacis de moisissure avaient grandi depuis le précédent. Certains soirs, il restait éveillé des heures, l'oreille tendue vers le moindre ronronnement de moteur pour profiter d'un rayon de lumière.

En dehors des bruits de moteur, d'autres raisons le tenaient parfois éveillé : les beuglements des ivrognes, les chapelets d'obscénités – certains amortis par la distance, d'autres si proches qu'ils semblaient naître juste sous sa fenêtre. Ou encore, le bruit métallique du verre qui s'écrase au sol – jamais le même. Au bout d'un moment on apprend à faire la différence entre une bouteille, un phare de voiture et une vitre.

Il demeurait allongé, l'oreille aux aguets, l'imagination en ébullition, craignant de s'endormir. Inquiet de tout ce qui se tramait à l'extérieur, dans la nuit.

Mais tout ça, c'était avant, dans son ancien quartier, dans son ancienne ville. Pas aujourd'hui, pas ici.

Il tendit l'oreille. Ici, tout était calme, comme toutes les nuits – y compris le vendredi et le samedi. Malgré tout, il n'arrivait pas à trouver le sommeil. Même le silence l'angoissait, comme si quelque chose s'y terrait, prêt à exploser dans un fracas de bruit et de violence. Avec seulement ce silence à écouter, comment parvenir à chasser de son esprit les événements de la journée.

« Baissez-lui le pantalon ! Mettez-le à genoux ! Noyez l'avorton ! »

Non... Ça aussi, c'était avant. Autrefois. Plus maintenant.

Il écarquilla les yeux, s'efforçant d'effacer ces images.

« Je ne pouvais pas m'en mêler... Je ne pouvais rien faire... »

Son lit était brûlant, exigu comme une prison. Sa peau le démangeait atrocement, sa couette l'irritait. Il la rejeta, et, l'espace d'un instant, il se sentit mieux. Il referma les yeux... Aussitôt, les images, les sons l'assaillirent. Mais cette fois, ce n'était plus lui qui regardait, il n'était plus spectateur...

Il battit des paupières, refoulant la morsure de la honte, revivant l'horreur et l'humiliation absolue, se souvenant même d'avoir été abandonné en train de vomir sur le carrelage, sous des éclats de rire de plus en plus lointains... Aujourd'hui, il n'avait été que spectateur, mais c'était exactement comme s'il avait revécu tous ces moments.

Il se dégoûtait, il avait honte d'avoir regardé, honte d'avoir ressenti pour la malheureuse victime une pitié inutile. Mais au-delà de tout, il avait honte de n'avoir pas pu s'empêcher de penser : « C'est quelqu'un d'autre, au moins ce n'est pas moi. »

Il savait pleurer sur son sort, pas sur celui de quelqu'un d'autre.

CHAPITRE 7

Tous les deux ou trois jours, un nouveau carré de papier jaune apparaissait sur le tableau de service. Un peu comme si la première séance punitive avait sonné la fin d'un cessez-le-feu, la fin d'une suspension temporaire des hostilités. Une moitié d'Elliot s'interrogeait sur les raisons de cette trêve. L'autre moitié préférait ne pas savoir. Surtout pas.

Dès qu'un nouveau nom sortait, il passait les récréations à la bibliothèque, espérant qu'Olivier ne viendrait pas le dénicher. À l'occasion, risquant un œil, il voyait des élèves se diriger vers les toilettes ; d'autres fois, les groupes partaient en direction du vestiaire des joueurs de cricket ou de la cabane du jardinier. Chaque fois, il verrouillait son esprit à double tour.

Il aurait bien voulu faire pareil – se boucher aussi les yeux et les oreilles – tous les lundis après-midi. Depuis la première séance punitive des douches à laquelle il avait assisté, ce rituel hebdomadaire semblait avoir empiré. Il devenait difficile de faire comme si de rien n'était.

Quelle que soit l'équipe qui perdait, pour le garçon au nez gercé le résultat était toujours le même : le déchaînement de sévices silencieux, l'obligation de se tenir tout nu sous la douche froide tandis qu'on lui balançait ses vêtements de sport.

À vrai dire, ce n'était pas l'événement en lui-même qui était si horrible. Le plus horrible c'était son caractère inévitable. Chacun l'espérait, chacun l'attendait. Et dès lors qu'il se profilait, rien n'entravait son déroulement. Personne ne protestait. Personne ne bronchait. Certains garçons regardaient sans vergogne. D'autres faisaient mine de se concentrer sur leurs vêtements tout en jetant des coups d'œil furtifs. Quelques-uns rigolaient même ouvertement, mais, pour la majorité d'entre eux, il était impossible de savoir ce qu'ils pensaient.

Elliot faisait toujours de son mieux pour ne pas regarder, essayant de s'habiller le plus vite possible, espérant que personne ne le regarderait, lui – paniqué à l'idée qu'un jour on puisse le désigner pour la corvée de douche ou la corvée de vêtements. Il ne savait pas comment il réagirait dans un cas pareil. Mais quelle que soit sa réaction, il ne pourrait pas s'y soustraire. Quoi qu'on fasse, on était impliqué... Partout, on avait le même sentiment. Sur le terrain de sport, aux interclasses, sur le trajet de la maison, aux toilettes – impossible de ne pas se sentir impliqué dans tout ce qui se tramait, impossible de ne pas sentir la tension, l'attente.

Derrière tout ça, quelque part, se profilait l'ombre des Gardiens. Elliot ne doutait plus à présent de leur existence.

* * *

Tout sentiment de sécurité l'avait quitté. Il vivait dans l'angoisse permanente d'être démasqué, d'être repéré. Par le passé, il s'était retranché derrière cette crainte, aujourd'hui, au contraire, il consolidait sa stratégie de survie. À l'aide d'un miroir, il s'était composé un masque de sereine impassibilité afin que personne ne puisse percer ses pensées intimes. Dans n'importe quelle circonstance, il modifiait son expression de façon à ne renvoyer que le reflet d'un désintérêt ou d'une lassitude. Il participait aux entraînements de natation, faisant de son mieux pour servir l'« esprit de Holminster ». Il travaillait bien en classe, prenant soin toutefois de ne pas avoir de trop bonnes notes pour ne pas risquer d'être félicité en classe. Il faisait tout ce qu'il fallait pour être remarqué sans toutefois trop se démarquer.

Vu de l'extérieur, il était Elliot l'impassible, mais à l'intérieur, il était un volcan d'émotions et de sentiments incohérents. Ses insomnies recommencèrent, il se réveillait toutes les deux ou trois heures, en nage, la peur au ventre, torturé par des cauchemars où le présent se mélangeait sans cesse au passé.

Quoi qu'il fasse, où qu'il aille, rien ne changeait. Il restait toujours coincé sur le même territoire : celui de la peur.

* * *

Il dut faire appel à toute sa concentration pour le match du lundi. M. Phillips était d'une humeur massacrante, il cherchait la bagarre, quelqu'un sur qui se défouler.

L'occasion se présenta au bout de dix minutes de jeu. Baker, le type au nez gercé, récupéra le ballon. Aussi surprenant que ce soit, il réussit à le bloquer ; malheureusement, gluant de boue, le ballon lui échappa pour être aussitôt repris par un membre de l'équipe adverse. Dans la seconde qui suivit, le sifflet retentit : arrêt de jeu. Les deux équipes s'immobilisèrent, tendues, incertaines de la raison de cette interruption.

L'entraîneur se dirigea droit sur Baker. L'inquiétude d'Elliot se dissipa.

– C'est ça que tu appelles jouer ? rugit le prof. (Instinctivement, le garçon recula d'un pas.) Hein ? Je te pose la question. C'est ça que tu appelles jouer ? C'est la première fois que tu reçois un ballon ?

Les yeux fixés sur le sol, le garçon murmura une réponse. Pas assez fort pour qu'Elliot entende.

– Et comment que tu l'as lâché ! T'es vraiment nul mon pauvre Baker ! Alors, qu'est-ce tu as à dire ?

Encore une fois, la réponse fut inaudible.

– Plus fort. Que tout le monde en profite !

– Je suis nul.

– Plus fort.

– Je suis nul.

– Encore. Avec conviction !

– Je suis nul ! Nul ! Nul !

Le prof recula.

– Bon ça va ! Inutile de radoter, Baker. On a compris.

Plusieurs joueurs éclatèrent d'un rire moqueur.

– Alors comme ça t'aimes pas le rugby ? ironisa M. Phillips d'une voix tonitruante, exprès pour que tout le monde entende. Tu préférerais rester bien au chaud chez toi, c'est ça ? Au moins, tu ne risquerais pas de te salir ni de te blesser. Je me trompe, Baker ?

Il se tourna vers les autres joueurs, qui ne cherchaient même plus à masquer leur joie. Elliot devina que ce n'était pas la première fois que le garçon au nez gercé se trouvait ainsi sous les projecteurs.

L'entraîneur lui adressa un sourire carnassier.

Un type près d'Elliot s'écria :

– Envoyez-le chez les filles, monsieur. Il pourrait entrer dans leur équipe de *netball*[1] !

Le sourire de M. Phillips s'élargit.

* * *

L'équipe d'Elliot fut battue à plate couture : 8 à 30.

De retour dans les vestiaires, Stewart, d'une humeur de chien, s'était emparé de Baker et le traînait par les cheveux ; deux garçons avaient déjà récupéré ses vêtements, et Olivier attendait, la main posée sur la manette des douches. Tout le monde observait en silence.

1. Forme de football moins violente que le football traditionnel.

Brusquement, sans prévenir, l'entraîneur apparut. Le drame resta en suspens. Chacun s'immobilisa. Le seul bruit venait de l'eau des douches.

M. Phillips observa la scène. Son regard s'arrêta un instant – une éternité – sur le garçon étendu par terre, passif, figé, et sur Stewart, les doigts toujours refermés – comme par inadvertance – sur les cheveux du garçon.

Pour quelle raison M. Phillips était-il entré ? Simple coïncidence ? Quelqu'un avait-il vendu la mèche ?

Personne n'avait bougé. Le fracas des douches était insoutenable.

Le regard de l'entraîneur se posa sur Elliot.

– Vous ! (Il s'approcha d'Elliot.) Je ne vous connais pas, j'aurai peut-être droit à une réponse à peu près honnête. Vous pouvez m'expliquer ce qui se passe ici ?

Lorsqu'Elliot y repensa, ce qui lui parut le plus effrayant, ce fut la facilité avec laquelle les mensonges lui étaient venus, le naturel avec lequel il les avait formulés. Mais, sur le moment, il avait eu à peine conscience de mentir. Percevant la proximité du prof, son agressivité. Percevant aussi que cette agressivité était un peu forcée, que le prof ne se sentait pas vraiment concerné, qu'il ne voulait pas réellement savoir ce qui se passait et que n'importe quelle réponse raisonnable le satisferait. Elliot avait également conscience que les autres garçons dans le vestiaire, et de manière parfaitement délibérée, ne le regardaient pas. Une façon de lui marquer, sans ambiguïté, que c'était à lui de choisir la réponse qu'il allait donner.

Le choix était clair : soit une réponse qui entraînerait une colle pour tous les éléments directement impliqués, et plus généralement pour tous ceux présents dans les vestiaires ; soit une réponse qui provoquerait la colère du prof d'être venu pour rien car, au fond, que s'était-il véritablement passé... Stewart avait été interrompu...

En fin de compte, Elliot n'avait pas vraiment le choix. Il enchaîna vivement :

– On s'amusait, monsieur. (Il surprit le regard d'Olivier.) L'eau des douches était trop chaude... En fait, il ne s'est rien passé, monsieur.

Il traversa quelques secondes d'angoisse durant lesquelles M. Phillips le dévisagea d'un œil sceptique, mais Elliot avait vu juste : le prof se contenterait d'une réponse plausible, rien de plus. Il s'éloigna, balayant avec colère les autres silhouettes à moitié vêtues.

– Dès que j'aurai franchi cette porte, si j'entends un seul murmure, je vous jure que la température de la flotte, ce sera le cadet de vos soucis !

Il jeta un regard méprisant sur Baker, toujours par terre, et sortit sans refermer la porte.

***

Plus tard, cette nuit-là, allongé dans son lit, les yeux fixés au plafond, l'esprit revisitant inlassablement les événements de cette journée, Elliot comprit que quelque chose d'important était arrivé dans les vestiaires. Quelque chose en lui.

Bien sûr, il avait déjà menti, mais cette fois c'était différent. Dès l'instant où il avait prononcé ces mots – ces mensonges –, il avait franchi une frontière. Une frontière qui séparait de façon fondamentale tout ce qu'il avait fait jusqu'à ce jour de tout ce qu'il ferait désormais.

Il comprit qu'il s'agissait d'une étape déterminante.

CHAPITRE 8

Mardi après-midi, il venait à peine de quitter le lycée qu'Olivier surgit devant lui comme par enchantement.

– Les Gardiens veulent te voir, déclara-t-il d'un ton neutre.

L'estomac d'Elliot se serra. Une peur glacée lui vrilla la poitrine. Il avala sa salive, puis se ressaisit. Il devait paraître parfaitement maître de lui.

– Quand ?

– Tout de suite.

Inutile de demander : « pourquoi ? » Même s'il le savait, Olivier ne dirait rien. De toute façon, ça changerait quoi ?

Elliot caressa un instant l'idée d'ignorer

l'ordre, de renvoyer Olivier d'un haussement d'épaules et de rentrer chez lui. Au fond, rien ne l'en empêchait. Sinon qu'il se trouvait confronté à la même situation que dans son ancien établissement quand on lui avait dit : « Rendez-vous au parc ! » Olivier était probablement préparé à parer à cette éventualité. Mieux valait obéir et ne pas les fâcher.

À son grand étonnement, Olivier lui fit contourner les bâtiments scolaires et le conduisit vers les bois en lisière des terrains de sport.

C'était la première fois qu'il s'aventurait dans ces bois. Tout était tranquille. De temps en temps, dans le lointain, s'élevait le chant d'un oiseau. L'air humide et glacé était transperçant, sans rapport avec le froid sec et vif qui régnait à l'extérieur des bois. Un relent âcre et pestilentiel exhalait des feuilles et de la végétation en décomposition et, à chaque pas, les chaussures s'enfonçaient dans la boue et la vase. C'était un vrai sous-bois de contes de fées ; mais pas de ceux où l'on croise de douces grands-mères aux joues roses et de gentils petits nains, non, plutôt ceux où des créatures horribles vous guettent dans l'obscurité pour vous attaquer.

Quelque part au milieu de ce décor hostile, les Gardiens l'attendaient.

La barre glacée qui lui traversait la poitrine grandit.

Ils marchaient en silence, suivant un chemin bien tracé qui serpentait entre les arbres sans logique apparente. Le pire, c'était l'obscurité qui gagnait rapidement. Bientôt, la faible clarté de cette fin de journée ne percerait même plus l'épaisseur des arbres. Comment retrouveraient-ils leur chemin au retour ?

« Ce sera peut-être le cadet de mes soucis. »

Brusquement, ils quittèrent les sous-bois. La lumière était encore suffisante pour y voir distinctement. Ils se trouvaient dans une clairière : une aire plus ou moins ronde, boueuse, accidentée et à moitié gelée qui mesurait environ le tiers d'un terrain de football. À l'autre bout, incongru, s'étirait un quai de gare qui se perdait dans les sous-bois à chaque extrémité. Étrange... La ligne principale – Elliot le savait – se trouvait de l'autre côté de la ville. Cette voie servait-elle encore ?

Il n'eut guère le loisir de s'attarder sur ces questions.

Devant le quai s'élevait un muret en briques où trois silhouettes étaient assises, les jambes pendantes. À cette distance, Elliot ne distinguait pas clairement les traits de leur visage.

À environ deux mètres du mur, Olivier s'arrêta, signala à Elliot d'en faire autant et inclina la tête. Elliot hésita puis l'imita. Sa vessie se manifesta brutalement. Il lutta désespérément contre l'horrible impératif d'aller s'isoler derrière un arbre. Très lentement, le besoin s'apaisa.

Il resta immobile durant un temps qui lui parut une éternité. À présent qu'il ne bougeait plus, il eut vite froid aux pieds et aux jambes. La pression sur sa vessie se fit à nouveau sentir et il éprouva quelques difficultés à masquer son embarras. Seule la pensée de ce qui le menaçait s'il ne se contrôlait pas, l'aida à rester en place.

Une voix finit par dire sur un ton de reproche aimable :

– Alors, tu ne nous présentes pas ?

Rouge de confusion, Olivier se hâta de faire les présentations. Le garçon qui avait parlé, à la droite d'Elliot, s'appelait Richard. Celui du milieu, Gareth et celui de gauche, Cameron.

Les présentations à peine achevées, Richard claqua des doigts.

– Tu peux filer maintenant !

– Oui, bien sûr, répondit vivement Olivier.

Son habituelle et joviale assurance avait disparu. Il était devenu nerveux, obséquieux. Il fila discrètement à travers bois.

Elliot se retrouva seul avec les Gardiens.

Il dévisagea chacun attentivement pour la première fois. Aucun ne correspondait à l'image mentale qu'il s'en était faite. Il les avait imaginés d'après ses anciens critères, comme des sortes de démons : des brutes au crâne rasé, vêtues de cuir et auréolées de violence. Les trois garçons qui lui faisaient face étaient plus âgés que lui, ils portaient l'uniforme de Holminster et, sur leur cravate, l'écusson marquait leur appartenance à une classe de terminale. Rien de démoniaque. Rien que de très ordinaire.

Richard avait l'allure élégante d'un mannequin. Ses cheveux bruns, bouclés, retombaient sur ses oreilles, encadrant un visage légèrement hâlé. Au mépris de tous les règlements de l'école, il portait de longues pattes, soigneusement taillées.

Son regard errait sur Elliot avec nonchalance, sans s'attarder, sans en avoir l'air et, pourtant, Elliot sentait que son aîné enregistrait chaque détail avec une infinie précision. Il avait dans l'idée que ce regard appartenait à quelqu'un qui pouvait se permettre de se moquer de tout et de tous. Quelqu'un qui possédait une confiance absolue, un pouvoir absolu.

Gareth et Cameron l'observaient, eux aussi, mais sans y mettre la même intensité que Richard.

Elliot eut conscience de les avoir déjà vus tous les trois. Sur les pages du journal de l'école. Au palmarès des épreuves sportives.

Il fit le point dans son esprit et arriva à la

conclusion que Richard était l'homme important. L'homme dangereux. Il fut vaguement épaté de constater qu'il arrivait à réfléchir de manière rationnelle. À ce stade, l'ancien Elliot aurait commencé à bafouiller, s'attendant au pire et incapable de le dissimuler. Alors que le nouvel Elliot, même terrorisé, réussissait à dissimuler sa peur. Cet Elliot-là pouvait paraître indifférent à tout, aux yeux de tous.

Cette façon de penser, de se comporter, tout cela était nouveau pour lui et l'effrayait encore.

« Tu t'y habitueras. Et ça finira par te plaire. Tu verras. »

Il attendit.

Richard sauta du mur. Il s'approcha tout près d'Elliot et pencha le visage vers lui. Ses yeux étaient immenses, impassibles, imperturbables. Ils donnaient à Elliot l'impression que Richard le jaugeait, l'évaluait.

Peut-être Richard était-il encore plus terrible qu'un démon ? Un frisson glacé lui parcourut l'échine. Elliot s'obligea à soutenir son regard.

Brusquement, Richard se redressa et fit quelques pas en arrière. Il contempla fixement Elliot comme s'il le voyait pour la première fois.

– Pourquoi es-tu venu ?

Le ton de sa voix semblait bienveillant, pas menaçant, cependant Elliot avait trop souvent affronté ce genre de numéro pour se laisser piéger. Richard marquerait son intérêt, voire sa sympathie tant que ça l'amuserait mais, dès qu'il s'ennuierait, vlan ! il l'écrabouillerait ! Il n'avait pas d'autre issue que de jouer le jeu.

– Je croyais... Je croyais que vous m'aviez fait demander.

– Tu fais toujours tout ce qu'on te dit ?

Elliot s'apprêtait à répondre non, mais le mot mourut sur ses lèvres. Dans sa tête, s'éleva la même petite voix qui l'avait déjà sermonné auparavant. « Souviens-toi : tu dois penser autrement. Alors, pense autrement ! »

Il réfléchit avant de répondre, terrifié :

– Je fais ce qu'on me demande à condition que ça m'intéresse. Si j'en ai envie.

Le garçon sourit.

– Dans ce cas, qu'est-ce qui t'a donné envie de venir ici ce soir ?

« Qu'est-ce qui... ? Oh mon Dieu, réfléchis ! »

Il avait la bouche sèche.

– Je voulais... Je voulais en savoir plus sur les Gardiens.

– Sans blague ?

Le sourire de Richard s'élargit.

– Parce que tu crois déjà savoir quelque chose sur nous ?

Il avala sa salive.

– Je sais... certaines choses.

– Raconte !

– Par exemple, que tout le monde a peur de vous.

Toujours ce sourire : un rictus moqueur, carnassier, qui lui rappelait un autre sourire, un autre individu, une autre époque.

– Et toi, Elliot, tu as peur ?

« Je n'ai pas peur, je suis terrifié. »

Il fut incapable de répondre. Il n'aurait jamais la bonne réponse. On ne pouvait jamais gagner. Du moment qu'ils l'avaient choisi, il était mort.

Il attendit. L'estomac noué.

Quelque part, un oiseau chanta.

Il attendit. À tout moment...

Il attendit...

Et brusquement, il eut conscience que Richard s'adressait de nouveau à lui.

– ... Raconte-nous ce que tu sais d'autre sur les Gardiens, Elliot.

« Suis-je encore en vie ? »

Plus le temps de réfléchir. Il s'engouffra dans cette brèche inattendue et balança les vagues souvenirs qui lui restaient des explications d'Olivier sur les sélections et les sanctions. Quand il en eut terminé, il prit une profonde respiration – ce qui augmenta son malaise.

Richard ferma un instant les yeux avant de laisser tomber d'un ton rêveur :

– Tout ça n'est pas faux. Mais as-tu idée des raisons pour lesquelles nous prenons ces mesures ? Est-ce que tu peux répondre à cela ?

Elliot retint la réponse qui flottait dans un coin de sa tête : « Il n'y a pas de raison. Pas de raison valable en tout cas... »

– Euh... l'argent ? Le racket... les clans... des trucs de ce genre ?

Des rumeurs de cet ordre circulaient dans son ancien établissement, même si c'étaient à peu près les seuls sévices dont il n'ait pas été victime.

Les yeux de Richard s'agrandirent d'un coup. Il semblait amusé.

– Le racket ! Quel manque d'originalité ! Ces trucs-là, c'est bon pour les arriérés mentaux, les abrutis. Libre à eux d'y toucher, mais en dehors de Holminster. Ces gens-là n'ont pas la moindre idée des enjeux de notre organisation.

Il marqua un temps avant d'ajouter d'un ton léger :

– Et toi, Elliot, est-ce que tu as saisi l'enjeu ?

Quelle était la bonne réponse ?... « Pour l'amour du ciel, réfléchis ! Réfléchis, bon Dieu ! »

– L'enjeu... l'enjeu... c'est...

« C'est quoi cette maudite réponse ! »

Richard consulta sa montre.

– Il est tard. Tu peux partir maintenant.

Mais réfléchis à tout ça. Réfléchis à l'enjeu. D'accord ?

Elliot hocha la tête, hébété, incapable d'articuler un mot.

– Allez, file ! Et sois prêt pour notre prochaine réunion.

***

Elliot traversa les quatre jours suivants rongé par l'angoisse. La pensée de la prochaine réunion le torturait en permanence. Il était obsédé par ce qui s'était passé dans le bois.

« Et toi, tu as peur, Elliot ? »

Il n'avait pas été capable de fournir de réponse et, cependant, il était encore vivant. Il n'arrivait toujours pas à croire qu'il s'en était sorti sans une égratignure. Pas plus qu'il ne comprenait où il avait puisé l'audace de leur parler – à Richard, en particulier – comme il l'avait fait. À croire que ce n'était pas lui, Elliot, qui s'était trouvé dans ces bois. Comme si quelqu'un ou quelque chose avait pris possession de son corps.

« Pourtant, c'est bien toi, Elliot. Toi et toi seul qui l'as fait. Personne d'autre. »

Que voulaient-ils de lui ? Il était maintenant quasiment convaincu d'avoir été choisi pour subir une sanction. Peut-être était-ce justement ce qu'ils voulaient qu'il croie ? Peut-être cela faisait-il partie d'un processus d'intimidation sophistiqué.

« Est-ce que tu saisis l'enjeu, Elliot ? »

Mais, bon Dieu, quelle était la bonne réponse ?

* * *

Le vendredi après-midi, Olivier réapparut. Il l'attendait à l'extérieur de l'école. Il n'eut pas besoin de fournir d'explication. Sans un mot, Elliot le suivit dans les bois.

Cette fois, Richard resta assis sur le mur ; du coup, Elliot fut obligé de lever la tête pour le regarder.

– Ton comportement, lundi, nous a beaucoup impressionnés. Très joli travail, Elliot. Tu as largement dépassé nos espérances.

Elliot se figea. Ils ne pouvaient faire allusion qu'à une seule chose : l'épisode du vestiaire. Comment pouvaient-ils être au courant ?

– Nous t'avons... distingué, Elliot. Tu n'es pas – comment le formuler ? – tu n'appartiens pas à la masse.

La gorge d'Elliot se noua jusqu'au moment où il prit conscience qu'il suffoquait lentement.

« Fais-toi remarquer pour de mauvaises raisons et tu es mort ! »

– Tu sors du lot, Elliot. Non pas parce que tu ne peux pas t'en empêcher – ce qui n'aurait rien de remarquable. Mais parce que quand tu le décides, tu te fonds dans la masse et les autres t'acceptent. Cette capacité est un talent précieux. Et quand tu n'as plus envie d'en faire partie, tu choisis d'en sortir. Tu es capable d'en sortir. Et les autres l'acceptent aussi, même s'ils ne sont pas, comme nous, conscients du phénomène.

Elliot faisait des efforts intenses pour donner un sens à ce que Richard était en train de lui expliquer, sans trop savoir ce qu'il était censé répondre.

– Crois-moi, Elliot. Nous t'observons. Depuis un long moment.

« Comment ? Qui ? » se demandait-il avec frénésie.

Richard se mit à rire.

– Oh, non ! Pas nous personnellement. Nous n'appartenons pas à ces esprits vulgaires que cela excite de suivre les gens à la trace. (Il ajusta un des poignets de sa chemise.) Non. Nous laissons cette besogne à d'autres. Tu n'imagines pas à quel point certaines personnes en sont friandes. Tu devrais les entendre : toujours tellement acharnées, attentives à ne rater aucun détail. Elles passent leur temps à répéter : « Je te suivrai bientôt... Je te suivrai plus tard... Demain... »

Cette fois, Elliot ne parvint pas à dissimuler l'expression qui lui crispa le visage.

À nouveau, Richard éclata de rire.

– Ne leur montre pas que tu sais... Tu gâcherais leur seule et unique raison de vivre. (Richard marqua une pause.) Tu te vois en train d'observer les autres pour notre compte, de nous faire un rapport sur leurs moindres activités ? Sur leurs amis, sur les notes qu'ils ont en classe – à cet égard, bravo pour ton dernier devoir d'histoire. Le vieil Higgins est plutôt vache d'habitude – ou encore sur leur marque de déodorant, ou les petits secrets cochons qu'ils s'échangent...

Le commentaire sur son devoir d'histoire prit Elliot de court. Olivier ne faisait pas partie de son groupe en histoire. Qui d'autre le surveillait ? Combien étaient-ils ? Dix ? Cent ?

Il se ressaisit rapidement. Le compliment avait été distillé avec art. Richard pesait son effet. Il comptait certainement sur cet exemple pour lui faire comprendre qu'il devait prendre garde à ne pas croire n'importe qui. Refoulant son angoisse, Elliot répondit :

– Dommage que tu n'aies pas d'exemple plus récent. Depuis, j'ai fait deux dissertations d'anglais.

Gareth prit la mouche.

– La ferme, Elliot ! On n'aime pas les grandes gueules par ici.

Un instant, Elliot craignit d'être allé trop loin. Mais quelques secondes plus tard – le temps qu'il comprenne qu'il venait de recevoir un avertissement et que ce serait le seul –, Richard poursuivit.

– Bonne répartie. Touché. On n'a pas vraiment pensé à toi comme matériel d'espionnage. Tu es plus prometteur.

« C'est comme un jeu », songea Elliot. Un jeu infiniment sophistiqué et dont il devait deviner les règles au fur et à mesure. Mais il n'arrivait toujours pas à deviner pour quel rôle il avait été choisi. Il semblait que, dans un sens, Richard appréciât qu'il « sorte du lot », mais rien ne le prouvait non plus. Les enjeux n'étaient pas clairs.

Quand Richard reprit la parole, toute trace d'humour avait disparu. Le ton de sa voix était calme, mais dur.

– Bon, passons au véritable ordre du jour : la question que je t'avais posée la dernière fois. La réponse, je te prie !

Tout était paisible dans la clairière.

Pour une raison inconnue, la scène du vestiaire surgit dans sa mémoire : le prof humiliant Baker devant tout le monde... Son sourire... Un sourire carnassier... Il s'amusait... Elliot s'arrêta sur cette idée et brusquement, limpide, la réponse lui parvint.

– L'enjeu... c'est de s'amuser. C'est l'enjeu.

Richard fronça les sourcils.

– Excellent. Tu m'as inquiété un instant. Est-ce que tu lis beaucoup ?

Ce changement inattendu de tactique déstabilisa Elliot.

– Euh... oui... un peu...

Il aurait été risqué de lui dire la vérité. Il se doutait bien que répondre : « oui, je lis pour fuir les gens de ton espèce » ne lui ferait pas gagner de points.

– Tu devrais lire davantage. Ça ouvre l'esprit. (Visiblement, Richard ne plaisantait pas.) Est-ce que tu as lu *1984* ? George Orwell ?

Là encore, Elliot fut pris de court.

« Il le fait exprès, lui murmura la voix. Cela fait partie du jeu. » Plus maître de lui, presque insolent, il répondit :

– Jamais entendu parlé de ce bouquin.

La vérité, cette fois.

– Tst ! Tst ! (Richard inclina la tête comme s'il en était chagriné.) Qu'est-ce qu'on enseigne aux jeunes de nos jours ? (Il fouilla dans son blazer et en sortit un livre de poche abîmé.) Laisse-moi te parler de *1984*, à mon humble avis, le meilleur bouquin jamais écrit. Le thème du roman, c'est la surveillance. Il décrit une société où tout le monde est surveillé. Dans cette société, il y a des écrans de télévision partout – mais pas des écrans traditionnels. Ces écrans fonctionnent dans les deux sens : tu les regardes et ils te regardent, eux aussi. Il y en a dans les rues, dans les boutiques, sur ton lieu de travail, à ton domicile... Quoi que tu fasses, ou plutôt tout ce que tu fais est surveillé.

L'histoire lui rappelait vaguement quelque chose. Un film – l'histoire d'un type en direct à la télé vingt-quatre heures sur vingt-quatre.

– La question que je veux te poser maintenant, Elliot, est la suivante : Quel est le but ? À quoi ça sert de surveiller les gens toute la journée ?

Que se passait-il dans ce film ? Impossible de s'en souvenir. Cependant, en y réfléchissant, c'était plutôt évident.

– À contrôler les autres, répondit-il impassible pour bien souligner que ça lui semblait évident. Si les gens savent qu'ils sont surveillés, ça diminue les risques de comportement agressif. Exactement comme les caméras de surveillance dans une galerie commerciale.

Richard hocha la tête.

– Excellent. (Il était redevenu sérieux. Toute trace d'ironie avait disparu de sa voix. Il regardait par-dessus l'épaule d'Elliot, les yeux apparemment fixés sur un point précis.) Ceux qui surveillent veulent avoir le contrôle. Ils veulent que les gens les craignent, fassent ce qu'on leur demande, qu'ils sachent qui commande, qu'ils sachent qui les domine. Et tu sais dans quel but, ils veulent tout ça, Elliot ?

Cette fois, Elliot ne savait pas. L'aurait-il su, il se dit qu'il n'aurait pas été opportun de se montrer trop malin. Surtout, compte tenu de la passion qui sous-tendait, à présent, le discours de Richard.

Richard sauta du mur et s'approcha de lui, exactement comme la fois précédente. Il était si proche qu'Elliot distinguait chaque pore de sa peau, dont un tout petit carré qu'il avait oublié de raser. Richard le saisit par les épaules, ses doigts s'y enfoncèrent presque à lui faire mal. Ses yeux plongèrent dans les siens. Elliot ne pouvait ni bouger ni détourner le regard. Ni ciller. Richard souffla avec virulence :

– Le but est le suivant. Comme Orwell l'a écrit dans son livre. Le contrôle a pour objet le contrôle. Le pouvoir a pour objet le pouvoir. La terreur a pour objet la terreur. C'est aussi simple que cela. Tu comprends, à présent ? Le pouvoir des Gardiens n'est pas un moyen d'arriver à ses fins. Il n'y a que les abrutis, les imbéciles, les crétins, les néandertaliens pour le penser. Les minables, les malheureux ratés.

Il retint Elliot quelques secondes encore dans

la cible de son regard, avant de se redresser et de détourner la tête.

– L'enjeu, c'est le pouvoir, Elliot. Si tu le veux vraiment et si tu veux le conserver, je te suggère de t'en souvenir. En outre, si tu ne l'oublies pas et si tu le comprends, tu découvriras combien le pouvoir peut être divertissant.

Il reporta son regard sur Elliot et éclata de rire devant son expression, mélange de vague compréhension et de frayeur.

– Tire-toi, Elliot ! On reprendra contact. Sois-en certain.

CHAPITRE 9

Samedi matin, Elliot se réveilla de bonne heure et, malgré ses efforts, il ne réussit pas à se rendormir. Les paroles de Richard résonnaient encore dans sa tête : « On reprendra contact. Sois-en certain. »

Il aurait voulu ne plus les entendre, mais rien, pas même le volume de ses écouteurs poussé au maximum, ne parvenait à les effacer. Si seulement ils lui avaient dit ce qu'ils attendaient de lui ?

Et comme une torture ne vient jamais seule, ses parents s'étaient disputés – ou plutôt, sa mère avait passé presque toute la soirée de vendredi à crier et à pleurer. Rien de particulier n'avait déclenché l'orage, c'était toujours le même refrain : pourquoi son père ne faisait-il pas « un effort pour agir, se lever, sortir, quitter ce satané fauteuil » ? Mais hier soir, une fois lancée, elle avait hurlé jusqu'au bout de ses forces, incapable de s'arrêter, jusqu'à ce que sa colère s'épuise en sanglots. La scène avait éclaté pendant le dîner, et Elliot n'avait pas su quoi inventer pour prendre la fuite.

Il voulait lui parler. Pas de ses problèmes personnels – comment aurait-elle pu l'aider à les résoudre ? – non, de rien en particulier, juste bavarder, tous les deux, comme avant. Mais il ne trouvait plus les mots et elle non plus apparemment. Tout se passait comme s'ils avaient de moins en moins à partager, comme si leur vie ressemblait à deux rails de chemin de fer qui s'écartent l'un de l'autre et s'éloignent de plus en plus.

Et, pour couronner le tout, froid et accusateur, se dressait le souvenir de son mensonge dans les vestiaires. Les mots lui étaient venus avec une facilité si affreuse, ils avaient été accueillis avec un tel empressement qu'il n'avait pas eu le choix. Ce n'était pas comme s'il avait blessé quelqu'un ; en vérité, il avait presque rendu service à Baker ; personne ne chercherait à se venger puisque personne n'avait été puni. Tous ces arguments étaient valables, et pourtant, au plus profond de lui-même, il se sentait ignoble.

Si cette histoire n'avait pas transpiré. Si personne n'avait rien raconté, cet ordre à comparaître devant les Gardiens n'aurait pas eu lieu. Si... Si... Si...

Ses pensées le torturaient comme un poison, l'empêchant de se concentrer sur autre chose. Il prit un livre dont il avait déjà lu la moitié, l'abandonnant au bout d'une demi-page. Le texte n'était qu'un amalgame incohérent. Il jeta un œil sur son réveil : 6h01. S'il restait plus longtemps au lit, il allait devenir fou.

Il repoussa la couette et s'habilla rapidement. Cinq minutes plus tard, il était dehors avec, sous le bras, un sac plastique contenant sa serviette et son maillot de bain.

***

Peu de temps après leur arrivée, il avait pris l'habitude de se lever de bonne heure le samedi et le dimanche pour aller à la piscine du quartier. Il faisait des longueurs, s'efforçant chaque fois d'augmenter son endurance et sa vitesse. En général, il était tout seul à cette heure matinale. Tout au plus y avait-il quelques sportifs acharnés qui ne lui accordaient pas plus d'attention qu'il ne le faisait. Savoir qu'on lui ficherait la paix donnait à ces moments-là d'autant plus de valeur.

Quelque chose s'accomplissait chez Elliot lorsqu'il nageait. La natation lui offrait la capacité de s'abandonner. Couvrir des longueurs, sentir ses membres et son corps travailler avec une efficacité tranquille, puissante, sur un rythme régulier, bien coordonné, libérait son esprit de tout, sauf du prochain battement... et du suivant... et du suivant... Exécuter la bonne courbe du bras, creuser la paume comme il faut pour qu'elle attaque bien l'eau. Sentir la puissance d'un battement réussi, les muscles de son corps se regrouper, se concentrer vers un seul et unique geste. Et quand tout convergeait, l'effort devenait facile et il fendait l'eau sans être vraiment conscient du poids de son corps, ne cherchant plus à le contrôler mais avançant en harmonie avec lui, le laissant le porter. En confiance.

La piscine devint un lieu de fuite, un espace où il avait la liberté d'oublier la laideur du monde extérieur.

Depuis leur installation à Holminster, les seuls moments où il avait nagé, c'était avec son équipe – ce qui était bien différent. Dans ces moments-là, il nageait pour quelqu'un d'autre : attentif aux instructions de l'entraîneur, réfléchissant à la manière de s'intégrer dans l'équipe, à celle de travailler ensemble dans le cadre d'une compétition. Il n'y avait jamais d'occasion pour se vider l'esprit et être seul.

* * *

Le bassin n'était pas tout à fait vide ; un autre nageur effectuait des longueurs avec une régularité d'horloge. Elliot plongea dans le grand bain, l'eau lui fouetta le visage, le caoutchouc de ses lunettes de natation lui mordit douloureusement la peau. Il toucha presque le fond de la piscine pour refaire lentement surface, pratiquement déjà à la moitié du bassin. Il s'élança dans un crawl régulier pour éviter les crampes.

Il parcourut une longueur, puis une autre. Aller... Retour... Aller... Retour... Respirant calmement, son corps fluide glissant souplement dans l'eau. Il était vaguement conscient de la présence de l'autre nageur dans le couloir voisin, qui se réglait sur son rythme, autrement son esprit était libre, il ne pensait à rien, sinon au battement suivant... puis au suivant. Le monde extérieur s'éloignait...

Aller... Retour... Cinquante-sept... Cinquante-huit... Aller... Retour... Oubliant tout jusqu'à ce que plus rien n'existe, excepté l'eau et son corps... qui n'avaient plus de frontières...

Quatre-vingt-neuf... Il aurait pu continuer

ainsi encore longtemps, mais, vers la fin de la longueur, il leva les yeux ; la pendule au-dessus de lui indiquait 7h55 et il savait que d'ici peu d'autres gens arriveraient, encombrant le bassin. Et alors ce ne serait plus pareil.

Arrivé à la fin de la ligne, il se redressa dans l'eau peu profonde. Il se sentait las mais en forme, les muscles bien déliés, presque un peu ivre. Il releva ses lunettes et resta immobile un moment à profiter de ce bien-être.

L'autre nageur termina sa longueur et s'arrêta aussi ; prenant appui sur les marches, il se hissa hors de l'eau. Il ébroua sa tête trempée puis souleva ses lunettes et jeta un coup d'œil vers Elliot.

Leurs regards se croisèrent.

L'eau parut brusquement beaucoup plus froide.

C'était le garçon des toilettes. Impossible de se tromper. Son visage avait trop souvent hanté le sommeil d'Elliot au cours des dernières semaines.

Ils se dévisagèrent fixement. Puis, comme mu par un ressort, l'autre garçon sortit complètement du bassin et disparut précipitamment en direction des vestiaires.

« De tous les élèves, le croiser, lui ! »

Poussé par un sentiment irraisonné, Elliot sortit de l'eau et le suivit. En entrant dans le vestiaire, il le vit en train de s'acharner sur le verrou de son casier, se bagarrant pour tourner la clef. En apercevant Elliot, la clef lui échappa. Il se plaqua contre le mur, jetant des regards paniqués dans toutes les directions, excepté dans celle d'Elliot.

« On dirait un animal traqué, songea Elliot, une créature sans défense à la recherche désespérée d'un moyen de fuir. » L'autre garçon tremblait, le corps secoué de convulsions violentes, son torse maigre se soulevait par saccades. À chaque inspiration, à chaque expiration, de petits gémissements lui échappaient.

Brusquement, ce fut clair : « Je le terrorise. Il pense sans doute que je vais le frapper. » Elliot en eut la nausée. Tout le bien-être que lui avait procuré la natation s'évanouit.

Il recula d'un pas et dit doucement :

– Écoute, je ne te ferai aucun mal, tu comprends ?

Ses paroles n'eurent aucun effet. Si ce n'est que le garçon semblait encore plus paniqué.

« C'est donc ça qu'on appelle le pouvoir... pensa Elliot. Surgir devant quelqu'un et le terroriser physiquement par sa simple présence. » Pourtant, il ne se sentait détenteur d'aucune puissance. Il y avait quelque chose d'atroce dans cette situation. Il voulait fuir, s'habiller et partir mais il en était incapable. Il comprenait pourquoi. « Je suis coupable. J'ai regardé, avec tous les autres. »

Il se pencha pour ramasser la clef et la lui tendit.

– Tiens.

Comme un gage de paix.

Les yeux du garçon sautèrent de la clef aux casiers, balayèrent le vestiaire désert puis se reposèrent sur la clef. Cependant, il ne fit pas de geste pour la prendre.

– Je ne te ferai aucun mal, répéta Elliot.

Le garçon restait immobile, collé au mur, le torse toujours agité de convulsions.

Le maillot d'Elliot lui collait à la peau, moite, désagréable. La douce sensation de chaleur de la nage l'avait déserté. Il avait besoin d'une douche chaude. Il voulait ficher le camp d'ici. Il vérifia le numéro de la clef, puis chercha le casier qui lui correspondait. La clef tourna facilement dans le verrou et la porte pivota sur elle-même.

– Je ne te ferai aucun mal, insista-t-il.

Toujours pas de réponse. Elliot en ressentit une pointe d'agacement.

– Comme tu veux.

Il ouvrit son propre casier, prit du savon et du shampooing et se dirigea vers les douches.

Il eut du mal à se savonner les cheveux. Ses mains tremblaient. Il avait toujours la nausée.

D'abord à cause du choc – choc de constater qu'il pouvait provoquer une peur pareille chez un individu – ensuite à cause du dégoût, de l'écœurement qu'il s'inspirait à lui-même. Mais ce n'était pas la seule raison. Il devait l'admettre. À la vérité, cette rencontre le replongeait dans un souvenir, sauf que dans ce souvenir, la situation était inversée.

Il ferma les yeux et commença à se rincer les cheveux. Une image surgit sous ses paupières : celle d'un garçon acculé contre un mur, collé contre ce mur comme s'il allait s'ouvrir en deux et l'engloutir. Mais, naturellement, le mur ne s'ouvrait pas, ce qui n'empêchait pas le garçon de prier pour que cela se produise, parce qu'il n'avait plus d'autre choix. L'ennemi avait bloqué toutes les issues par lesquelles il aurait pu s'enfuir. Et il s'avançait vers lui...

Il releva les paupières et laissa exprès l'eau savonneuse lui couler dans les yeux. La brûlure balaya toutes ses pensées, il ne restait que la volonté frénétique de soulager la douleur.

***

Dans son casier, le carré de papier indiquait juste : 16h15. Rien ne précisait l'expéditeur, ni ce qui se passerait à 16h15, ni même l'endroit.

Cela ne pouvait signifier qu'une seule chose : il était convoqué, à nouveau.

Le fait de trouver un mot dans son casier avait-il une autre signification que celle de lire prochainement son nom au tableau de service ? Il le supposait. Donc, il n'avait toujours pas été choisi pour être puni.

« Dans ce cas, qu'est-ce qu'ils me veulent ? »

* * *

Il s'attendait à ce qu'Olivier soit là, mais à quatre heures, ne le voyant toujours pas, il partit seul en direction du bois. Comme les autres fois, les Gardiens l'attendaient, perchés sur le mur du quai. Elliot posa son sac et les regarda droit dans les yeux.

Richard prit la parole.

– Donc, tu veux en savoir davantage...

C'était une affirmation, pas une question. Elliot attendit.

– Oui, bien sûr. Tu veux tout savoir sur nous. Tu veux savoir qui sont les Gardiens, pourquoi ils existent et pourquoi ils font ce qu'ils font.

Cette fois encore, Cameron et Gareth semblaient se satisfaire de laisser la parole à Richard. Mais ils observaient tous deux Elliot, comme s'ils guettaient la moindre erreur de sa part.

Richard contempla les arbres.

– L'existence des Gardiens remonte à une époque lointaine. Presque à la fondation de cette école, en 1876. Cela signifie que nous avons une histoire : nous ne sommes pas juste un nom apparu comme par enchantement. À différentes époques, différents individus furent appelés les Gardiens, mais, à la vérité, ce sont toujours les mêmes. Les gens apparaissent, disparaissent, mais les Gardiens demeurent. Même si aujourd'hui, nous n'avons pas droit à la reconnaissance que nous méritons...

Sans lâcher Elliot des yeux, Gareth poursuivit.

– La pérennité, Elliot. C'est ça qui est important. Réfléchis au sens profond de ce nom. Les Gardiens – des surveillants, des protecteurs, des tuteurs. Quel rôle ont-ils ? Ils défendent. Ils mobilisent. Ils résistent. Ils maintiennent chaque chose à sa place. C'est ce que nous faisons. Nous maintenons les gens à leur place. S'ils l'oublient, nous la leur rappelons, et s'ils n'y restent pas...

Gareth n'avait pas besoin de terminer sa phrase.

– L'existence des Gardiens perdure parce que chacun reste à sa place. La pérennité, Elliot. Ne l'oublie pas. Parce que c'est notre seule chance de survivre.

Comme si c'était son tour, Cameron enchaîna – visiblement, il s'agissait d'un numéro bien rodé.

– Les anciens Gardiens tenaient un registre, une sorte de journal de bord où ils notaient tous les détails de leur action et de leur communauté : les noms des Gardiens, les noms des punis, les noms de ceux qui punissaient, le détail des punitions. Il y a des récits formidables dans ces recueils – des épisodes assez violents, voire sanglants. Des côtes cassées, des nez brisés, des blessures mortelles – à certaines époques, ils organisaient des duels à l'épée. Dangereux. Mais tout était maîtrisé, tout était prévu. Ils connaissaient leur sujet, alors. Il y a beaucoup à apprendre de ces textes.

Suivit un bref silence. Puis, Richard reprit la parole.

– À l'époque, Holminster était un établissement privé, naturellement. Par la suite, beaucoup plus tard, c'est devenu un lycée public et toute cette organisation a disparu comme si elle n'avait jamais existé. En apparence, à la vérité. Plus de préfets de cours, plus de responsables d'élèves, plus de chefs de classe; la bonne vieille hiérarchie, les bons vieux privilèges – tout a disparu.

Richard baissa les yeux et sourit à Elliot.

– Je t'ennuie ?

Elliot se contenta de conserver une expression désinvolte – pas trop toutefois. Dans quel but avait-il droit à toutes ces explications ? Il était surprenant – pour ne pas dire angoissant – que les Gardiens aient pu exister depuis si longtemps ; mais il ne comprenait pas pourquoi ils voulaient qu'il le sache.

– L'organisation est demeurée en sommeil jusqu'il y a dix ans, environ – après une interruption de plus de vingt ans, de nouveaux récits apparaissent dans le registre. Rien n'explique pourquoi les Gardiens sont ressortis de l'ombre, mais le fait est qu'ils étaient de retour. Aujourd'hui, c'est comme s'ils n'avaient jamais disparu.

Richard consulta les deux autres du regard et bien qu'aucune parole ne soit échangée, Elliot eut le sentiment qu'un accord se concluait.

– Ce qui m'amène à l'objet de cette réunion. Depuis la rentrée de septembre, chacun de nous trois a entamé sa dernière année dans cet établissement. Quand nous partirons, il faudra que des gens prennent les places que nous laisserons vacantes. Des gens qui partagent nos valeurs, nos convictions. Nous avons besoin de successeurs.

Une pensée germa insidieusement dans la tête d'Elliot.

« Ça ne peut pas être pour cette raison que j'ai été convoqué. Impossible. »

– Attention, pas n'importe qui. Des gens que nous pouvons former. Des gens disposés à être éduqués.

« Impossible... »

Ça ressemblait encore à un jeu. La voix de Richard était douce, le ton léger, comme si Elliot et lui jouaient « à faire semblant ». La situation n'en devenait que plus terrible. Si Richard avait montré une certaine émotion, élevé la voix, ce qu'il disait aurait paru ridicule. Mais sa façon de s'exprimer, si délibérément désinvolte, ne laissait aucun doute... Si Elliot commettait une erreur – celle de raconter cette conversation, par exemple – les Gardiens l'élimineraient sans plus d'état d'âme que s'ils écrasaient un oisillon tombé du nid. Cette vision le fit frissonner.

– Parfait, Elliot. À présent, tu nous connais. Quant à nous, nous te connaissons déjà. Nous savons que tu n'es pas un simple maillon de la chaîne. Que ça ne t'intéresse pas d'être un simple spectateur. Nous te connaissons sans doute mieux que tu ne te connais toi-même. (Richard marqua un temps.) Tu as déjà parcouru la moitié du chemin pour devenir l'un des nôtres. Nous t'offrons l'occasion de parcourir le reste.

La question implicite lui coupa la respiration. Il aurait voulu faire demi-tour et partir en courant, mais ses jambes pesaient aussi lourd qu'une tonne de béton.

– C'est une offre rare, ajouta Richard. La pratique courante veut que ce soit seulement à des élèves de première qu'on donne cette chance. Or, cette année, en dépit du nombre important de candidats – comme toujours – peu sont véritablement dignes de cette... responsabilité. Nous en avons retenu deux, mais trouver le troisième devenait un vrai problème. Jusqu'à ce que tu apparaisses.

Du haut de leur perchoir, les trois garçons contemplaient Elliot. Ces trois-là avaient sans doute été choisis comme ils le choisissaient aujourd'hui. Choisis, eux aussi, parce qu'ils avaient été repérés, exactement comme lui.

« Seulement, ils se trompent. Je ne suis pas comme eux. Je n'ai rien de commun avec eux. Laissez-moi sortir de ce cauchemar. Je vous en supplie. »

Cameron reprit la parole.

– La plupart des gens se croient privilégiés parce qu'on leur fait cette proposition. As-tu le sentiment d'être privilégié, Elliot ?

Elliot n'osait pas ouvrir la bouche. Il n'osait même pas respirer.

Richard répondit à sa place.

– Non, bien sûr que non. Elliot ne se prend pas pour un privilégié. Pourquoi ? (Encore une fausse question.) Parce qu'Elliot sait que c'est son droit d'être ici. Il est né pour ça. Il n'a aucune raison d'être reconnaissant envers nous. Ni envers personne.

Sans prévenir, il sauta du mur. Elliot crut qu'il allait s'approcher de lui comme il l'avait déjà fait. Il retint son souffle, luttant contre les crampes qui menaçaient de le clouer sur place. Son pouls cognait dans son cerveau.

Mais cette fois, Richard maintint la distance.

– Bon sang, Elliot, regarde-toi ! Pas un battement de cil. Ton avenir est tracé. Tu dirigeras cet endroit d'une main de fer quand nous serons partis.

La respiration d'Elliot sifflait entre ses dents. Le dos de sa chemise était trempé. Son estomac se nouait et se dénouait.

Richard étendit sa main gauche en avant, la paume vers le sol. Comme s'ils n'attendaient que ce signal, Cameron et Gareth sautèrent du mur et le rejoignirent, chacun posant sa main gauche sur celle de l'autre.

Maintenant, ils attendaient. C'était son tour.

Il pouvait s'enfuir. Il pouvait dire non. À lui de choisir. À lui seul.

L'espace et le temps étaient suspendus. Rien

n'existait, sauf eux quatre. Ici. Dans cette clairière.

« Mon choix. » Sauf que ce n'était pas un choix. Pas vraiment. Pas quand on se rappelait la scène des vestiaires ou celle des toilettes ou tout ce qui se tramait ici. Quand on réfléchissait à tous ces épisodes-là, il ne s'agissait plus du tout d'un choix.

Il regarda sa main gauche se lever et se poser au-dessus de celle de Gareth. Il regarda Richard lever sa main droite et recouvrir la sienne. Il sentit le poids de cette main. Une peau froide sur une peau froide. Il eut l'impression de s'extraire de lui-même. Comme si tout ce qui se passait là avait lieu en son absence.

« Ce n'est pas vrai. Tout ceci est un songe. Je vais me réveiller et toute cette scène n'aura été qu'un songe. »

Brutalement, le monde reprit ses droits. Elliot était bien réel, il était bien ici, dans le bois, dans la clairière, et c'était bien sa main, c'était vraiment lui. Tout était vrai.

Richard appuya sur sa main.

– Bienvenue, Elliot. Bienvenue, Gardien.

CHAPITRE 10

Bienvenue, Gardien.

Je suis un Gardien.

Non. Impossible. Ce n'est pas vrai. Pas moi.

Si. C'est vrai.

Faites que je me réveille. Je vous en prie.

Tu es déjà réveillé.

***

Il devait retrouver les Gardiens deux fois par semaine pour des séances de « formation » – restait à découvrir en quoi elles consistaient. S'il avait besoin, par ailleurs, d'entrer en contact avec eux, il devait faire passer le message par

Olivier. Un Olivier qui, désormais, évitait d'affronter son regard et s'adressait à lui sans plus manifester la moindre assurance ou la moindre supériorité comme précédemment. Un Olivier qui le traitait avec respect.

À ces détails près, la vie continuait comme d'habitude. L'identité des Gardiens était attentivement protégée ; seuls quelques Guetteurs à qui on pouvait faire confiance – comme Olivier – les rencontraient ou connaissaient leurs noms. Pour tous les autres, à l'exception de ces individus triés sur le volet, Elliot était tout simplement Elliot Sutton, élève de seconde, membre de l'équipe de natation. Ni questions posées, ni attention particulière.

Elliot en retirait un sentiment inconfortable de victoire mêlé de tristesse. Il avait réussi : il était parvenu à se faire une place, à être remarqué en positif. Mais au cours du processus, une modification terrible s'était accomplie – une modification qu'il n'avait jamais recherchée, qu'il ne voulait pas, qu'il ne supportait pas, mais qui, par une ironie abominable, lui garantissait aussi sa sécurité.

« Bon sang, Elliot, regarde-toi... Tu dirigeras cet endroit d'une main de fer quand nous serons partis. »

Mais lui ne voulait pas diriger. « Je veux seulement survivre. »

« L'enjeu de la domination, c'est la domination. L'enjeu du pouvoir, c'est le pouvoir. L'enjeu de la terreur, c'est la terreur.

« Je ne veux pas. Je ne peux pas. Je ne suis pas comme ça. »

« Tu t'y habitueras », persifla la petite voix.

* * *

Le samedi matin, un cauchemar le réveilla de bonne heure. Autour de lui, la maison était calme et silencieuse. Comme toujours, il ressentit un besoin désespéré de prendre le large, et il ne connaissait qu'une seule solution.

Cette fois, il emporta la pellicule. Non qu'il s'attende vraiment à ce que le garçon de la semaine dernière revienne. « À sa place, je ne reviendrais pas. » Mais il ne voulait rater aucune occasion de se débarrasser de cet objet.

« Tu aurais dû la jeter », persifla la petite voix.

À plusieurs reprises, il avait failli le faire. Mais chaque fois, il avait interrompu son geste, se souvenant d'un jour – lointain – où une pellicule de photos de vacances avait été endommagée par le laboratoire ; sa mère avait alors explosé en sanglots.

Il n'avait aucune idée de ce que contenait ce film, malgré tout, il ne pouvait accepter de le détruire sans raison.

* * *

À son arrivée, la piscine était déserte. Au bout de deux longueurs, une autre personne se glissa dans le bassin par le petit bain et commença à nager à l'extrémité opposée. Cela pouvait être n'importe qui – à cette distance, filtré par l'eau, chacun devenait une silhouette anonyme – cependant, il eut l'étrange conviction qu'il s'agissait du garçon de la semaine dernière.

Ils nagèrent de concert soixante-dix longueurs durant – peu importait qui c'était, l'individu avait une fichue condition physique. Elliot sentit son humeur maussade s'évaporer. Comment ne pas se laisser séduire par cette eau magnifique. Plus de pression. Le monde extérieur en exil.

Il fallut un moment à Elliot pour se rendre compte que l'autre nageur était parti. Affolé, il piqua un sprint jusqu'à l'autre bout de la piscine et se hissa hors de l'eau.

En arrivant dans le vestiaire, il vit qu'il avait deviné juste : la même petite silhouette frêle sortait un sac du casier. Il jeta un regard nerveux en direction d'Elliot, mais cette fois sans mouvement de recul.

Elliot se dirigea vers son propre casier et y prit la petite cartouche noire. Un éclair de doute et de crainte le traversa. Après tout, il n'avait fait que supposer que le garçon avait perdu ce film ; il n'avait peut-être rien à voir avec cette pellicule. « Tu passeras pour un idiot si tu le lui rends, tu ne crois pas ? Un idiot qui rend des trucs à des gens qui n'en ont rien à cirer. »

Il faillit remettre le film dans son casier.

Seulement, il ne voulait pas le garder éternellement. « Et je ne peux pas le jeter ! »

– Dis-moi ! lança-t-il.

Le garçon sursauta comme s'il s'était électrocuté.

– C'est à toi ? demanda Elliot en brandissant la pellicule.

L'autre ne répondit rien, rentrant la tête dans les épaules comme s'il cherchait à se tasser à l'intérieur de lui-même.

– C'est à toi ? répéta Elliot, conscient que le garçon l'avait parfaitement entendu la première fois.

« Seule et unique consigne à respecter avant la bataille, songea-t-il. Ne pas regarder, ne pas répondre, ne pas bouger. Il y a alors une maigre chance qu'ils n'aient plus envie de continuer. Une maigre chance, mais une chance tout de même. » Répondre était fatal. Dans ce cas-là, on vous écrasait forcément. « Si tu réponds, tu les obliges à te remarquer. »

Il imagina les réponses du garçon.

Réponse : « Oui, c'est à moi ». Le film est détruit sous tes yeux : « Oh, désolé Elliot, mon pied a glissé ». Réponse : « Non ce n'est pas à moi ». Il sera aussi détruit sous tes yeux : « C'est pas à toi, Elliot ? Alors, tu te fiches de ce qui lui arrive, pas vrai, Elliot ? »

Elliot s'approcha du garçon. Le sentiment de sa vulnérabilité le tenaillait, bien qu'ils soient tous les deux seuls dans le vestiaire. Il déposa la pellicule sur le bord du casier. Incapable de se retenir, il lâcha :

– Je ne vais pas te toucher. Je l'ai trouvée, c'est tout. Je te la rends, c'est simple. Rien d'inquiétant. D'accord ?

« Rien d'inquiétant ? Tu parles ! » S'il l'avait « trouvée », c'est qu'il était présent dans les toilettes, qu'il avait regardé... « S'il l'avait simplement "trouvée", comment saurait-il à qui elle appartient ? »

Pourtant, cette fois, le garçon hocha la tête – avec une précaution infinie, un petit mouvement sec, comme s'il risquait de déranger un animal sauvage.

La voix persifla : « Ça y est, tu as apaisé ton sentiment de culpabilité. Maintenant, laisse tomber. »

Elliot se doucha lentement, il s'habilla et sortit dans le frais soleil du matin, réfléchissant à ce qu'il aurait dû lui dire. « Écoute, je ne suis pas... pas... »

« Pas quoi ? Qu'est-ce que tu aurais dit ? »

Il faillit se cogner dans l'autre garçon qui l'attendait, sur le trottoir.

Ils reculèrent d'un même mouvement.

Elliot hésita. Il savait qu'il aurait dû ignorer le garçon et passer son chemin. Mais une partie de lui-même voulait lui dire : « Écoute, je ne suis pas celui que tu crois, je ne suis pas comme tout le monde ici le croit. Ne fais pas comme les autres. » Ç'aurait été stupide, pitoyable et dangereux ; il ne devait jamais dire une chose pareille.

L'autre garçon fouilla dans sa poche et en sortit la pellicule.

– Je l'ai cherchée partout. J'étais sûr de l'avoir perdue... Merci. Je veux dire... la plupart des gens... ne me l'auraient pas rendue... Ils l'auraient bazardée... (Les mots se heurtaient les uns aux autres.) C'est mon concours d'entrée. Je pensais ne plus pouvoir me présenter ou être obligé de recommencer, de prendre d'autres photos... enfin, je veux dire... (Il s'interrompit.) Comment savais-tu que c'étaient les miennes ?... Je ne t'ai jamais vu à l'atelier de photographie... (Il s'interrompit de nouveau, rougissant violemment.) Pardon, je ne voulais pas... je n'étais pas... Non, c'est pas grave... Je voulais simplement te dire...

Elliot se sentit gêné par tant de reconnaissance.

Il grommela :

– J'ai pensé que c'était peut-être important, c'est tout.

Il regarda autour de lui avec inquiétude. Il ne voulait pas qu'on le voie dans cette situation – en train de parler avec un garçon qui non seulement était une classe en dessous de lui et, qui plus est, se trouvait sur la liste rouge des Gardiens. Dieu merci, le samedi à une heure aussi matinale, cette partie de la ville était quasiment déserte.

– Tout va bien, fit l'autre nerveusement comme pour rassurer Elliot. Personne ne vient dans ce quartier. Il n'y a jamais personne. Il n'y a jamais eu personne. Enfin, je n'ai jamais vu pers... (Du plat de la main, il voulut assagir ses cheveux ébouriffés.) J'aurais dû prendre une douche... J'étais pressé... Je ne savais pas qui tu étais... Enfin... voilà... moi, c'est Ben...

Il se tut aussi brusquement qu'il avait commencé.

Il ressemblait à un lapin affolé, sautillant tous azimuts. De nouveau, Elliot scruta les alentours. Se trouver ainsi à découvert était dangereux. Espérant que... comment déjà ?... que Ben saisirait l'allusion, il dit :

– Bon, il vaut mieux que je parte.

– Tu veux les voir ?

Elliot le dévisagea.

– Quoi ?

– Les photos. (Un flot de mots sortit de sa bouche, comme si Ben ne pouvait plus le retenir.) Tu peux venir voir les photos si tu veux. Chez moi... Il ne faut pas longtemps pour les développer. J'ai une chambre noire à moi. Enfin, uniquement si tu veux... Je ne te force pas...

Comme s'ils étaient à l'école primaire « Tu veux jouer à des jeux vidéo ? Tu veux voir mon hamster ? »

Non. Surtout pas. C'était exactement le genre de gamin en compagnie de qui il ne voulait absolument pas qu'on le surprenne. Un avorton terrifié, cherchant désespérément quelqu'un qui ne lui cognerait pas dessus.

Brusquement, Elliot changea d'état d'esprit. Il réfléchit à ce qu'il avait à faire. Au fond, il n'était pas pressé de rentrer chez lui ; ses parents étaient tous les deux à la maison. Sinon quoi ? Il irait traîner tout seul dans les boutiques, le reste de la matinée, comme ça lui arrivait généralement. Alors, même si ce... Ben était la dernière personne au monde avec laquelle il pouvait se permettre d'être vu... à cet instant précis, personne ne se baladait dans le quartier, et s'ils allaient chez lui, personne ne les verrait...

« Fiche le camp d'ici... »

* * *

Ben vivait au nord de la ville – dans le quartier chic. Alors qu'au sud, les modestes habitations en briques se dressaient toutes à égale distance, avec leur petit lopin de pelouse large comme un timbre poste, ici ce n'était qu'une suite de rues élégantes, de maisons cossues enfouies derrière de hauts murs, des arbres bien taillés et une abondance de buissons.

Elliot contemplait nerveusement les étages supérieurs, imaginant des silhouettes cachées derrière les baies vitrées en train de l'observer sans qu'il puisse les voir. À sa connaissance, des douzaines d'élèves de l'école vivaient par ici. L'un d'eux pouvait le reconnaître. À plusieurs reprises, il eut la tentation d'avancer une excuse et de fuir, mais chaque fois, à la pensée des autres solutions qui s'offraient à lui et des prières que Ben ne manquerait pas de lui adresser, il se tut.

Ben habitait avenue de la Régence. Elliot estima qu'on aurait pu caser trois maisons comme la sienne à l'intérieur de celle de Ben, et encore il serait resté de la place. Le vestibule faisait au moins la moitié de leur salon. Un dallage ciré comme un miroir reflétait les paysages à l'aquarelle qui ornaient les murs. Une horloge ancienne égrenait son tic-tac sur un rythme lent et lourd.

La somptuosité de l'ensemble le troubla. Et ce n'était que le vestibule. « L'argent qu'on a dû mettre dans cette maison... »

La mère de Ben accourut du fond de la maison, essuyant ses mains pleines de farine dans un torchon en lin. Vêtue d'une robe descendant jusqu'aux chevilles, avec ses longs cheveux roux relevés en chignon par des barrettes en métal, elle avait une allure presque démodée bien que, de visage, elle ne semblât pas plus âgée que la mère d'Elliot.

Elle se pencha vers Ben, qui esquiva le baiser qu'elle lui déposa sur la tête, puis elle se tourna vers Elliot.

– Je suis tellement heureuse de te connaître.

Il eut l'impression qu'elle se retenait de l'embrasser. Pourquoi diable était-elle tellement heureuse de le connaître ? Elle ne savait même pas qui il était.

– Comment t'appelles-tu ? Comment dois-je t'appeler ?

« Comment dois-je t'appeler ? »

– Euh... Je m'appelle Elliot.

– Magnifique. Vraiment magnifique. Je suis

si heureuse que Ben amène enfin un ami à la maison. Je commençais à me demander... (Elle s'interrompit.) Je commençais à me demander si Ben n'avait pas honte de moi !

Elle éclata de rire pour bien montrer à Elliot qu'elle plaisantait. Il rit poliment, se demandant si elle avait une idée des véritables raisons pour lesquelles Ben n'amenait jamais personne.

« Difficile d'amener des amis chez soi quand on n'en a aucun. »

À l'étage, un couloir recouvert de moquette s'étirait sur des kilomètres ! Avant de tourner la poignée de la première porte, Ben prit le temps de dire d'une voix neutre :

– Elle sait, si c'est la question que tu te poses. (Maintenant qu'il se trouvait sur son territoire, une différence subtile se manifestait : il paraissait plus mûr, moins nerveux.) Elle est persuadée que ne pas avoir d'amis est une étape qu'on dépasse avec le temps. Je n'ai pas encore compris si elle parlait de moi ou des autres.

– Les deux peut-être, dit Elliot.

Il n'était pas sûr d'avoir voulu être drôle, mais Ben se mit à rire ; du coup, il rit aussi. Soudain, il se dégoûta. Quelques minutes plus tôt, il jouait à l'invité bien poli avec la mère de Ben ; à l'instant, il partageait avec lui une plaisanterie même pas drôle, comme deux vieux amis, alors que quelques semaines auparavant, il assistait à l'humiliation de ce même Ben. Pire encore, il savait que, désormais, il pouvait se trouver obligé d'en être un des acteurs.

« Bienvenue, Gardien. » C'était lui, l'ennemi.

De tous les rôles qu'il endossait, lequel était le véritable Elliot ? Et d'ailleurs, existait-il ? Comment le savoir ?

Ben poussa la porte.

* * *

Elliot vit les photographies. Partout.

Chaque centimètre carré de la chambre – les murs, le plafond, le dos de la porte – était tapissé de photographies. Un petit nombre en couleurs, la majorité en noir et blanc. Elles se chevauchaient les unes les autres, jouant des angles pour se trouver une place, se fondant entre elles, si bien que de l'endroit où se tenait Elliot la pièce tout entière n'était plus qu'une seule et même œuvre d'art – une immense mosaïque composée de milliers de nuances noires, blanches et grises. Les rares taches de couleur ne servaient qu'à en souligner l'absence partout ailleurs avec plus d'intensité.

C'était le mot juste – l'intensité. Elle le submergea. Il lui fut impossible de résister. De près, il put voir avec davantage de précision que chaque élément de cet ensemble était une image spécifique et que chaque image avait été placée en relation avec les autres afin que, malgré leurs différences, il y ait aussi une continuité de lignes, de formes, de teintes. Elliot était émerveillé que quelqu'un puisse avoir à la fois le talent et l'imagination de concevoir une telle œuvre.

Il observa plus particulièrement certaines photos. Tous les sujets possibles et imaginables s'étalaient sous ses yeux : des paysages désolés et monochromes, des brumes laiteuses se détachant sur des gris contrastés. L'enjoliveur d'une roue de voiture dont le chrome poli et cabossé offrait le reflet inversé d'un clocher d'église. Une maison en cours de démolition avec un pan de mur déchiqueté révélant un intérieur encore meublé et les canalisations. Des choses ordinaires saisies de manière à leur donner une existence, un sens inhabituel et merveilleux, mais sans leur faire perdre leur vérité première.

Elliot finit par se tourner vers Ben ; celui-ci se tenait toujours sur le seuil de la chambre, une drôle d'expression dans le regard : un mélange de fierté, de prière et... autre chose.

Ben s'avança dans la pièce.

– Alors, comment tu trouves ?

Sa voix était neutre.

Elliot se tourna, promenant encore une fois son regard autour de lui, l'œil attiré partout.

– Je trouve que... je trouve... Ouf !

Ben ne dit rien.

– C'est toi qui as pris toutes ces photos ?

Elliot avait du mal à le croire. Elles étaient trop belles. Trop magnifiques. Dignes d'un magazine ou d'une galerie d'art.

– Il n'y en a pas beaucoup en couleurs. Tu n'aimes pas la couleur ? se contenta-t-il de dire.

Ben se laissa tomber en arrière sur son lit. Il garda le silence un moment avant de relever la tête.

– J'aime le noir et blanc.

Le ton qu'il employa coupa court à toute autre question qu'Elliot aurait voulu poser.

Un silence s'installa. Sans être toutefois inconfortable.

Brusquement Ben demanda :

– Et toi, qu'est-ce que tu fais ?

– Tu veux dire comme être un photographe génial ?

– Ouais...

– Oh... rien de spécial. Je lis un peu. (Il ne risquait rien à l'avouer à Ben, il le sentit.) Et, je nage... C'est à peu près tout.

– Moi aussi, j'aime nager. Enfin... ce n'est pas seulement que j'aime. C'est pour ça que... même quand tu... je veux dire, j'ai besoin de nager. C'est le seul endroit où je peux...

Il laissa sa phrase en suspens.

Mais Elliot savait ce qu'il avait été sur le point d'avouer.

« C'est le seul endroit où je peux me réfugier. »

« Bienvenue au club », pensa-t-il.

Il aperçut une photo encadrée sur le bureau en face du lit. Le portrait d'un homme d'une quarantaine d'années, en uniforme. Il portait une casquette avec un galon argent et son visage exprimait l'assurance et l'autorité de celui qui a l'habitude de commander. Aucune ressemblance avec Ben.

– C'est ton père ?

Il y eut un bref silence.

– Ouais.

– Il est dans la R.A.F. [1] ?

– Ouais. Était. (Un temps.) Il était pilote.

– Ça doit être super.

Pas de réponse.

Elliot tourna la tête. Ben tirait quelque chose de sous son lit : un carton. Il fouilla dedans et se releva en brandissant une paire poussiéreuse de gants de boxe rouges.

– Il était tellement super qu'il m'a offert ces gants pour mon douzième anniversaire.

Ils étaient énormes, ridiculement énormes.

1. La Royal Air Force, l'armée de l'air britannique.

Elliot jugea que ses deux mains pourraient loger à l'aise dans un seul gant.

Ben traça un trait qui laissa un sillage rouge dans le gris de la poussière.

– Il était dans l'équipe de boxe de son collège – quand il était à Oxford. Après, il a disputé pas mal de combats avant de s'engager dans l'aviation. Des combats d'amateurs. Il a gagné pas mal de coupes...

Il semblait fier, mais presque à contrecœur, comme s'il le regrettait.

Il dessina un autre trait parallèle au premier, avec une précision exagérée.

– Il voulait que je me lance moi aussi, que je suive ses traces... Il disait que ça ferait de moi un homme. Quand je lui ai dit que ce n'était pas dans mes projets, j'ai cru qu'il allait me gifler.

– Et alors... (Elliot hésita, pas très sûr de savoir où il mettait les pieds. Il se tourna vers les photos.) Il t'a tout de même offert un appareil photo ?

Ben hocha légèrement la tête, les yeux fixés sur les gants.

– Non, l'appareil, c'est un cadeau de ma mère. Il lui a même fait une scène. Il ne voulait pas que j'en aie un. Je les ai entendus se disputer un jour à ce sujet. Il disait que j'étais en train de devenir un « fi-fils à maman ». Que je finirais par être une mauviette, pas un homme digne de ce nom. Tout ça parce que je refusais de me battre contre un type armé de stupides gants de boxe.

Elliot était mal à l'aise. Jamais il n'aurait avoué une chose pareille. Surtout à quelqu'un qu'il connaissait à peine. Ces choses-là, il les aurait gardées pour lui. Même si quelqu'un était prêt à vous écouter, ce n'était pas le genre de détails à ébruiter. Surtout pas.

– Ces gants, c'est le dernier cadeau qu'il m'a fait, continua Ben, autant pour lui-même que pour Elliot. Il a été tué trois mois plus tard.

Le mot mit un temps à faire son chemin : « tué ».

– Je suis désolé.

La phrase sonnait faux, creux.

– T'inquiète pas. Je me suis habitué. (Ben retourna les gants.) De toute façon, il n'était pratiquement jamais là. Un week-end par mois, rarement plus. Au fond, ce n'est pas plus mal. On ne s'est jamais entendus.

Subitement, il balança les gants contre le mur. Rebondissant mollement, ils atterrirent sur le tapis, bouffis et ridicules.

– On ne s'est jamais entendus, répéta-t-il avec calme.

Frôlant Elliot au passage, il alla ramasser les gants, les jeta dans le carton qu'il repoussa sous le lit.

– Je croyais le détester. Il m'arrivait même de souhaiter qu'il ne revienne plus. (Il se passa violemment l'avant-bras sur les yeux.) Je rêvais souvent qu'on l'envoyait en mission se battre là où une nouvelle guerre avait éclaté et qu'ensuite on apprenait aux infos qu'il avait été abattu. Mon père, le héros, mort au combat. Abattu. Mort. Et voilà qu'il est tué dans un exercice d'entraînement.

Ben se détourna.

Elliot ne trouvait rien à dire. Il était sous le choc, il avait honte aussi de s'être senti gêné l'instant d'avant. Mais il n'y avait pas que ça. Il se souvenait des pensées qu'il nourrissait envers son propre père. Des moments où il avait souhaité, en rentrant chez lui, ne plus entendre la télé, ne plus voir le sommet de son crâne dépasser du dossier du fauteuil.

Il avait souhaité la mort de son père. Ben, aussi. Mais le souhait de Ben avait été exaucé.

« Que ferais-je si mon souhait se réalisait ? »

En un sens, c'était déjà le cas...

On ne pouvait pas comparer l'homme au sourire sévère de la photo sur le bureau de Ben et l'homme à la barbe de trois jours les yeux scotchés à un écran de télé. Ces deux pères étaient profondément différents.

N'empêche qu'ils étaient morts tous les deux.

Et cela créait entre eux un lien étrange.

Ses pensées furent interrompues.

– Elliot ?

Ben montra la pellicule. Il demanda d'une voix inquiète :

– Tu veux m'aider à la développer ?

Elliot passa le reste de la matinée à apprendre les temps d'exposition, les variétés d'émulsion, les planches contact, les fixatifs, et à regarder des images surgir comme par magie de nulle part sur des feuilles de papier blanc plongées dans des bains de produits chimiques qui lui donnaient des maux de tête. Ils restèrent presque tout le temps dans la minuscule chambre noire de Ben, sous le faible éclairage d'une ampoule rouge. L'environnement idéal pour parler sans s'encombrer de pensées embarrassantes – Ben lui demandait juste son avis de temps en temps sur telle image ou tel angle de vue, telle lumière ou tel cadrage – ou simplement pour travailler en silence sans éprouver le besoin de rien dire.

Quelques heures plus tôt, il lui aurait paru inimaginable de vivre un moment pareil.

Du coup, les événements de la clairière en devenaient irréels, refoulés dans un temps lointain, sans importance. Cette complicité faisait naître en lui un sentiment confus, difficile à analyser mais plein de chaleur et de sérénité.

Un sentiment agréable.

Le dernier tirage rincé, Ben ralluma la lumière. La violence crue du plafonnier éblouit Elliot.

– Si tu reviens samedi prochain, j'aurai d'autres photos à tirer, proposa Ben.

Ses paroles ramenèrent Elliot à la réalité. Il sursauta.

« Samedi prochain. Oh, mon Dieu ! Et lundi, au collège ? Il va s'attendre à traîner avec moi. Comment ai-je pu être aussi idiot ? »

« Idiot, idiot, idiot... » persifla la petite voix.

– Enfin, si tu veux... ajouta vivement Ben. Je ne voulais pas...

« Comment lui dire ? songeait Elliot. Comment lui dire : "Écoute, je n'ai rien contre toi, tes photos sont vraiment magnifiques, mais je ne veux pas que tu t'approches de moi à l'école parce que tu détruiras ce nouvel Elliot qui m'a demandé tant d'efforts à construire ?" »

– Je ne sais pas, bredouilla-t-il. Je ne sais pas encore quels sont mes projets... Écoute...

Sous son crâne, c'était la tempête, les idées s'entrechoquaient, des idées visant à empêcher Ben de le croiser au lycée. Ils avaient une année de différence, les cours ne seraient donc pas un problème, mais ailleurs...

« Idiot, idiot, idiot... »

– Je ne parlais pas d'un autre moment, dit Ben. Uniquement de samedi. Je ne m'attendais pas... à ce que quelqu'un prenne le risque d'être vu avec moi. Pas alors que je suis sur... la Liste.

Elliot se sentit rougir. Le fond de ses pensées était-il aussi visible ?

Ben baissa les yeux.

– Je me suis habitué, dit-il. J'aimerais simplement...

Il se tourna pour essuyer la cuve, faisant en sorte qu'Elliot ne voie pas son visage.

Elliot contempla les photos qu'ils avaient suspendues pour qu'elles sèchent.

Le silence se prolongea.

CHAPITRE 11

La force de son hurlement le réveilla. Elliot haletait, le cœur sur le point de lâcher, le cauchemar encore en tête, bien réel. Il lutta pour respirer de nouveau, avalant l'air comme un homme qui se noie.

Petit à petit, ses yeux s'accommodèrent à l'obscurité, il finit par distinguer la forme de la fenêtre et comprendre qu'il était réveillé, et dans son lit. Lentement, l'angoisse s'estompa, sa respiration s'apaisa et son cœur se tranquillisa.

De longues minutes s'écoulèrent encore avant qu'il ne puisse bouger. Son caleçon et son tee-shirt trempés lui collaient à la peau. Il repoussa la couette et les retira maladroitement, puis se laissa retomber sur son matelas. La fraîcheur de la nuit caressant sa peau brûlante le fit frissonner.

Des phares de voiture éclairèrent brièvement la pièce et, d'instinct, il chercha les traces de moisissure. Le plafond était net ; l'espace d'un instant la panique le rattrapa, le temps de se souvenir qu'il n'était plus dans l'ancien appartement.

Le cauchemar rôdait, insidieux et vivace, mal décidé à se laisser emprisonner dans les replis de son inconscient. Il lui fallait le distraire ; combler le vide de son esprit, penser à quelque chose d'autre pour éviter d'être à nouveau englouti.

« Quelque chose de rassurant. »

Il tournait et retournait dans sa tête les événements des semaines écoulées, il les disséquait, les analysait, les triait.

Naïvement, il s'était imaginé que s'inventer une nouvelle personnalité impliquerait simplement d'abandonner l'ancien Elliot pour devenir le nouveau. La réalité se révélait bien plus compliquée. Pour commencer, on n'avait pas affaire à un seul « ancien Elliot », il en existait au moins deux : l'Elliot qu'il était avant l'agression de son père et celui qu'il était devenu après. Ensuite, il n'y avait pas non plus un seul « nouvel Elliot ». Chaque relation qu'il devait gérer – avec les Gardiens, Ben, ses parents – exigeait de lui qu'il porte un masque différent, qu'il soit une personne différente.

Il se déclinait en un kaléidoscope d'Elliot – des Elliot qui ne devaient à aucun prix se croiser – et il ignorait combien de temps encore il réussirait à les contrôler ou à les maintenir à distance les uns des autres.

***

Il songeait à celui qu'il était avec Ben – celui qui, de tous, devait à tout prix rester secret. Il allait chez Ben chaque samedi matin, désormais. Pouvaient-ils se considérer comme des amis ou simplement comme un refuge l'un pour l'autre ? Une parenthèse à l'écart de leur vie, à l'écart du lycée, mais rien de plus. Lorsqu'il se rappelait les amis qu'il avait eus dans le passé, il avait du mal à s'en convaincre. En tout cas, avec Ben, il se rapprochait de ce qui ressemblait à une vie normale.

D'habitude, ils passaient la matinée dans la chambre noire ; Ben avait toujours un projet en route ou un concours à présenter. Ils parlaient beaucoup : des photos qu'ils développaient, de la photographie en général, de tout et de rien. Parfois, ils ne disaient rien. C'était bien aussi. Ni l'un ni l'autre n'évoquaient Holminster ou les Gardiens. Un peu comme si la chambre noire et le lycée se situaient sur deux planètes différentes.

Ben tenait sa promesse. Du lundi au vendredi, il ne cherchait ni à parler à Elliot, ni à établir un contact. Elliot l'apercevait parfois entre deux cours ou à la récréation, alors que Ben courait d'un coin à un autre, d'un point sombre à un autre, d'une cachette à une autre. Comme si ça pouvait le sauver... Rien ne pouvait être d'aucun secours, si on était sur la Liste.

Deux planètes différentes. Sauf que ces planètes étaient si proches l'une de l'autre qu'elles se touchaient presque et que, parfois, l'une pouvait empiéter sur l'autre.

Le samedi précédent, par exemple. À la piscine, Elliot avait remarqué un hématome brun et violet sur le haut du bras de Ben. Plus tard, en allant chez lui, Ben était resté sur ses gardes, plus inquiet qu'à l'accoutumée – pressé, jetant sans arrêt des regards craintifs dans toutes les directions. Dans la chambre noire, il avait préparé les produits chimiques en silence, les gestes saccadés, lents comme s'il les faisait pour la première fois.

Tendant le bras vers un placard au-dessus de lui pour attraper du papier, Elliot le bouscula malencontreusement.

– Ahh !

Ben renversa le flacon ouvert de fixatif qu'il venait de préparer et qu'il s'apprêtait à verser dans un bac. Le produit chimique se répandit partout, couvrant la tablette, imbibant une pile de papier photo, dégoulinant sur le sol et remplissant l'atmosphère exiguë de vapeurs pestilentielles.

Ben contempla le désastre, une main refermée autour de son bras et l'autre serrant le poing et le desserrant.

– Ça va ? demanda Elliot nerveusement.

Pas de réponse.

– Ben ?

Celui-ci semblait au bord des larmes, les yeux incroyablement brillants, même sous la faible lumière rouge.

– Je vais chercher un journal, je vais nettoyer, déclara Elliot, se dirigeant résolument vers la porte.

Il voulait fuir le périmètre de la chambre noire, loin des vapeurs nauséeuses des produits chimiques. Il voulait aussi fuir Ben. Si celui-ci devait pleurer, ce serait embarrassant pour tous les deux.

– Laisse tomber !

Elliot s'immobilisa. Il reconnaissait ce ton. Cassant. Dur. Prêt à partir en vrille, à craquer. Il ne l'avait jamais surpris chez Ben. Il expliqua doucement :

– Je pensais que le papier journal pourrait aider, c'est tout.

– Je ne veux pas qu'on m'aide ! (Ben se frotta les yeux avec le bras.) Je ne veux pas qu'on m'aide ! répéta-t-il, sans regarder Elliot. Je veux simplement qu'on me fiche la paix. C'est tout ce que je demande !

Elliot n'insista pas. Ben parlait de choses sans aucun rapport avec le fixatif renversé. Il le savait.

Un silence lourd s'abattit sur la petite pièce.

Ben prit une profonde respiration saccadée qu'il relâcha lentement.

– Désolé... Je suis ridicule.

Il se frotta les yeux encore une fois.

– Ça va... chuchota Elliot.

Alors, il eut un geste qu'il n'avait jamais eu auparavant – un geste, s'il y avait réfléchi un quart de seconde, qu'il n'aurait sans doute jamais eu. Il posa une main sur l'épaule de Ben et la pressa doucement. Il la retira aussitôt, se demandant s'il ne commettait pas une erreur. Mais il ne pouvait pas rester sans rien faire – ç'aurait été pire qu'une erreur.

Ben tressaillit sous le contact. Puis, encore bouleversé, il murmura :

– Merci...

Ils nettoyèrent les dégâts. L'incident était sans gravité, mais il avait démontré à Elliot combien ses différents univers étaient proches – et avec quelle facilité ils pouvaient se télescoper s'il n'était pas attentif, s'il oubliait quel masque il était censé porter.

* * *

Et puis, il y avait Elliot l'Imperturbable : le masque qu'il portait à l'école et devant les Gardiens. « Mets ton masque. Joue ton rôle. Survis. »

« Joue ton rôle pour survivre. » Survivre dépendait de son talent à tenir son rôle. Il n'avait pas le choix. Il ne pouvait pas le refuser. Pas s'il voulait vivre.

Avant sa formation, il n'aurait jamais envisagé les choses sous cet angle. Il apprenait maintenant à considérer le monde d'un autre point de vue. D'après Richard, c'était l'axe le plus important de sa formation. Le reste – apprendre à recruter des Guetteurs, sélectionner des exécuteurs et des sanctionnés – c'était important, naturellement, mais ce n'était pas l'essentiel. Ces actions-là coulaient de source quand on avait appris à voir le monde correctement.

Ses pensées se reportèrent à la séance de formation deux semaines plus tôt, lorsqu'il s'était retrouvé seul avec Richard.

Il se faisait tard et l'obscurité commençait à descendre. Une brise légère agitait le sommet des arbres en lisière de la clairière.

Richard parlait de ce qu'il appelait « contrôler les masses ». Comme toujours au cours de ces séances d'apprentissage, il semblait s'adresser autant à lui-même qu'à Elliot, le regard fixé sur un horizon lointain, la voix calme, à peine audible.

– Tu as sans doute noté qu'il n'y a pas eu de punitions sévères jusqu'au retour des vacances de février. Ça n'a pas toujours été le cas – avant, les punitions avaient lieu toute l'année. Jusqu'au jour où j'ai pris conscience d'une chose. Juste après Noël, la plupart des élèves n'apprécient pas les punitions. Ils sont trop tendres, trop fatigués, encore sous le coup des festivités. Ils sont heureux d'y assister, mais sans plus... Non. C'est la routine. Et ça, c'est nul. Donc, on a supprimé les punitions pendant la première partie du trimestre. Au début, ils n'en sont pas conscients. Puis, jour après jour, ils évoluent. Les petites humiliations, les remontrances, tout ça c'est très bien, mais ils veulent de l'action. Du sang. Quand arrive le retour des vacances de février, ils sont déchaînés. Ils réclament une condamnation. C'est alors qu'on la leur offre. Contrôler la masse, Elliot. Voilà ce que tu dois apprendre. L'observer. La comprendre. Nourrir ses instincts. Mais toujours t'assurer que c'est toi qui es aux commandes. Ne te contente pas de lui donner ce qu'elle veut. Fais-la patienter, languir. Amène-la à te supplier. Oblige-la à te remercier de ce que tu lui donnes. Ne la laisse jamais s'habituer. Contrôle la masse, Elliot, ne la laisse jamais te contrôler...

Richard s'interrompit. Il resta silencieux un moment. Puis il demanda :

– Qu'est-ce que tu feras après le lycée, Elliot ?

Elliot hocha la tête. Il avait peine à l'imaginer tant l'échéance lui semblait lointaine.

– Je n'y ai jamais pensé.

Richard fronça les sourcils.

– Tu devrais. C'est important que des gens comme nous aient des projets à long terme. (Il fixait toujours l'horizon derrière l'épaule d'Elliot.) J'ai des projets. Des projets de pouvoir. Je sais que le pouvoir est dehors, à portée de main – il attend l'élu. Holminster m'a enseigné ça. Les Gardiens aussi. Voilà pourquoi c'est important pour moi ou pour toi, et pour les autres, que les Gardiens continuent d'exister.

Elliot écoutait en silence, il ne comprenait pas tout.

– Je vais te raconter ce que fait mon père à la fin d'une journée. Il rentre à la maison, il se sert un whisky, ensuite il me raconte combien de paires de pompes il a cirées, combien de couleuvres il a avalées... et tu sais quoi, Elliot ? (La voix de Richard s'adoucit, se colorant d'une suavité carnassière.) Ça lui plaît. Ça lui plaît vraiment. C'est toute son idée d'une belle vie.

Il scruta Elliot au fond des yeux. Comme s'il voulait le rejoindre. Découvrir tous ses secrets. Pas la peur, la souffrance ou la colère. Non, plutôt comme s'il se découvrait un jumeau, comme s'il reconnaissait Elliot comme un égal.

– Mais cette vie-là n'est pas pour nous. Nous, on ne pense pas comme ça, Elliot. Les Gardiens nous enseignent que nous sommes différents. À cette minute, en ce lieu, personne ne se place au-dessus de nous. Voilà pourquoi les Gardiens existent. Ils nous aident à apprendre que cela peut arriver.

Elliot aurait voulu fuir. Son cou lui faisait mal, son visage était ankylosé à force de porter ce masque d'impassibilité qui cachait le ballet incessant de ses pensées. Mais il ne pouvait pas bouger, même un cil. Richard le gardait dans sa ligne de mire comme s'ils étaient physiquement reliés.

– Cependant, ne commets pas l'erreur de croire que savoir ce que nous sommes change quoi que ce soit. Nous sommes déjà ce que nous apprenons à devenir. Et nous aidons les autres à apprendre ce qu'ils sont déjà. Souviens-toi de ça. Parce que les Gardiens n'ont pas créé Holminster, Elliot. Holminster a créé les Gardiens. La violence, les sanctions, les victimes – tout est là, déjà. Quel que soit le mot employé, tout cela existe sous nos yeux. Les Gardiens ne font que profiter d'une situation. Souviens-toi de cela. Nous obtenons le pouvoir en montrant aux autres ce qu'ils sont. Nous n'imposons rien. Nous ne créons rien. Nous ne sommes que le révélateur de ce qui existe déjà.

La révélation de l'horrible vérité frappa Elliot de plein fouet. Une vérité froide et sans pitié. Et parallèlement à cette révélation, quelque chose en lui, mort déjà depuis longtemps sur le carrelage glacé d'un vestiaire, mourut pour la seconde fois.

« Pourquoi perdre son temps à résister ? »

– Dans *1984*, il n'y a rien qui puisse être changé – sauf la manière de penser. Une fois qu'ils ont appris à accepter les choses telles qu'elles sont, ils découvrent que tout est plus facile. Exactement comme chacun à Holminster accepte que nous lui montrions celui qu'il doit être, parce que c'est tellement plus facile que de résister. Je veux que tu assistes à des punitions. Observe bien les visages. Et tu comprendras. Et une fois que tu auras compris...

***

La foule massée derrière le pavillon des vestiaires était immobile.

Les seuls bruits audibles montaient des deux garçons debout au centre du cercle. Les coups de poing, les respirations haletantes, les petits cris rauques causés par la douleur, les blessures.

Elliot était attentif et il s'aperçut rapidement que le combat, s'il était violent, obéissait à des règles précises. Pas de coups au-dessus des épaules ou autour de l'aine, pas de coup de tête, rien qui pourrait provoquer une blessure grave, une fracture par exemple. À Holminster, la violence n'excédait jamais certaines limites.

Prudence, maîtrise, mesure.

La foule, aussi, regardait avec attention, suivant chaque coup, chaque trébuchement, chaque recul, chaque avancée de part et d'autre du cercle. Elliot surprenait parfois un bref soupir, aussitôt étouffé. Sinon un silence épais recouvrait tout.

Le combat fut rapide ; le plus jeune des deux garçons mordit la poussière. La foule tendue, avide, savourait d'avance la suite.

Le vainqueur ordonna sèchement :

– Lève-toi !

Le perdant obéit vivement, les yeux fixés par terre.

– Maintenant, lèche-moi les pieds. Et que ça saute !

Elliot regarda autour de lui. Les visages étaient concentrés, transpirants, déformés par l'excitation, tendus vers la curée. À quoi pensaient-ils ? D'ailleurs, pensaient-ils ?

« Si c'est lui, au moins ce n'est pas moi. »

Elliot se disait qu'il aurait dû ressentir quelque chose, une émotion ; tout ce qu'il ressentait c'était une morosité froide, une résignation lasse.

Quand tout fut fini, la force qui avait cimenté l'événement se délita. La foule se dispersa jusqu'à ce qu'il ne reste plus que la victime, à genoux, pieds nus dans l'herbe. Relevant la tête, le garçon aperçut Elliot qui le dévisageait. Il lut sur son visage le reflet de son propre état d'esprit : une soumission absente et lasse. Sans se presser, le garçon remit ses chaussettes, ses chaussures et s'éloigna en boitillant.

« Une fois que tu as appris à accepter les choses telles qu'elles sont, tu découvres que tout est plus facile. »

Quelque chose était en train de se modifier. Elliot apprenait à refouler ses émotions, à les enfouir au plus profond de lui-même, là où elles auraient du mal à l'inquiéter. Ses entrailles, tendres et vulnérables autrefois, se transformaient en un matériau froid et inerte. Il ne se dérobait plus devant le monde extérieur.

La peur ne l'avait pas quitté pour autant. Il en était conscient, en permanence. Elle attendait – espérait même – d'être réanimée. Elle attendait l'occasion de ressurgir. Comme aujourd'hui.

***

– Asseyez-vous, Elliot, je vous prie.

Le proviseur se cala dans le cuir noir de son fauteuil.

Elliot s'assit sur le bord de la chaise à dossier droit face au bureau ; sous le rembourrage de l'assise, l'armature en fer lui sciait l'intérieur des genoux. Il avait les mains moites. Au mur, la vieille horloge égrenait les secondes d'un lent tic-tac silencieux.

Le proviseur sourit. Il avait des traits d'une finesse extrême, si fins qu'ils semblaient incapables d'exprimer autre chose que le sourire ou l'absence de sourire.

– Savez-vous pourquoi je vous ai convoqué aujourd'hui ?

Elliot secoua la tête.

– Non, monsieur.

Le proviseur sourit à nouveau, d'un sourire sans expression.

Elliot déglutit. L'air du bureau avait un goût desséché et fétide. Le proviseur était-il en train de le tester, de le mettre à l'épreuve, espérant qu'il se compromettrait ? Il eut conscience qu'il se tordait les mains et, aussitôt, s'appliqua à les tenir immobiles.

– Je me suis renseigné sur votre compte, Elliot. J'ai parlé avec vos professeurs, j'ai interrogé par-ci par-là, j'ai écouté.

Il se raidit. « Voilà, c'est parti ! »

– Les gens disent beaucoup de bien de vous, Elliot. À la vérité, ils ont même une très haute opinion de vous. Vous êtes courtois, vous participez à la vie scolaire avec enthousiasme, vous obtenez de bons résultats, vous vous adaptez bien socialement. C'est pourquoi je serais surpris que vous ayez une idée de la raison pour laquelle je vous ai convoqué. Aussi, pardonnez-moi si je vous ai causé la moindre inquiétude.

Avec d'infinies précautions, le corps d'Elliot se détendit. Au fond, tout cela n'avait peut-être aucun rapport avec les Gardiens. Instinctivement, il tourna le regard vers la fenêtre par laquelle on apercevait une partie du pavillon des vestiaires.

– Je vous ai fait venir, Elliot, parce que je crois – et je n'emploie pas le mot à la légère – que vous êtes un garçon à la fois désireux et capable de me fournir une réponse honnête et sincère à la question que je vais vous poser.

« Attention, Elliot, persifla la petite voix. Fais très attention. »

Le sourire s'effaça du visage du proviseur. Il s'avança sur son siège et posa les mains jointes sur le bord de son bureau, comme s'il allait prier.

Ainsi que Richard le lui avait conseillé, Elliot reporta toute sa concentration sur le petit triangle de peau entre les deux yeux du proviseur.

Celui-ci toussa.

– Des rumeurs circulent selon lesquelles le lycée de Holminster abrite ce que l'on ne peut décrire que comme... un gang. Une forme de groupe d'intimidation si vous voulez, à travers lequel certains élèves de l'école, plus fragiles que d'autres, seraient régulièrement victimes de maltraitances physiques. Or, je refuse d'imaginer – ou de croire un seul instant – que de telles horreurs puissent se produire dans notre établissement. Cependant, je suis conscient que, dans n'importe quelle école, malheureusement, il peut parfois se produire des choses sans que l'équipe éducative et administrative n'en ait connaissance. Et c'est là où vous entrez en jeu, Elliot.

Elliot redoubla d'attention sur le petit triangle entre les deux yeux.

– Pour autant que vous le sachiez, y a-t-il une once de vérité dans ces rumeurs ? Vous connaissez le vieux proverbe : « Il n'y a pas de fumée sans feu »... Est-ce que quelqu'un vous a raconté quelque chose ? Avez-vous remarqué quoi que ce soit qui vous permettrait d'en déduire que de telles actions aient lieu ? Une attitude, un détail...

Pendant tout le laïus du proviseur, Elliot avait préparé sa réponse. Il regarda le proviseur droit dans les yeux et s'exprima avec conviction, ponctuant ses paroles d'un hochement de la tête de droite à gauche à peine sensible.

– Non. (Il baissa très légèrement les yeux.) Je n'ai jamais eu connaissance du moindre événement. De rien qui s'apparente à cela.

« N'ajoute rien. Une phrase trop longue te donnerait un air inquiet. »

Le proviseur le dévisagea quelques secondes. Puis, la courbe de sa bouche se détendit et il se laissa repartir dans le fond de son siège.

– Merci. C'est tout ce que j'avais besoin de savoir. Je ne pouvais pas imaginer un instant qu'une chose pareille puisse se produire à Holminster, mais vous comprendrez, j'en suis certain, que je veuille m'en assurer.

Elliot hocha la tête. Pas trop longtemps. Juste assez pour montrer qu'il comprenait.

– Je suis ravi que vous vous soyez si parfaitement adapté à Holminster. Cela vous fait honneur ainsi qu'à notre établissement.

Cinq minutes plus tard, il sortit du bureau du

proviseur. Juste le temps de filer aux toilettes, s'enfermer à clef, s'agenouiller au-dessus de la cuvette et vomir son déjeuner.

***

Il était tout à fait réveillé à présent. Il se glissa hors de son lit, enfila un caleçon propre et un tee-shirt. Il était pris d'une irrésistible envie de chocolat chaud. Le « délice-de-quatre-heures-du-mat », comme disait sa mère. Pendant que son père était à l'hôpital et après son retour à la maison, quatre heures du matin, c'était souvent l'heure à laquelle Elliot et sa mère se réveillaient ou renonçaient à toute idée de dormir. Alors ils descendaient à la cuisine et attendaient que le jour se lève.

Ce n'était pas arrivé depuis longtemps. Pas depuis Holminster.

Pas depuis les Gardiens.

Il descendit à pas de loup dans la cuisine où il mit la bouilloire en marche. L'eau frémissait lorsqu'un bruit de porte résonna ; deux secondes plus tard, sa mère entra. Elle était déjà habillée, prête à partir pour le ménage du matin – il était donc plus tard qu'il ne l'avait cru.

Elle étouffa un bâillement.

– Tu n'arrivais pas à dormir ?

– Non... J'ai pensé qu'une boisson chaude m'aiderait.

– Un chocolat chaud, ça te fera du bien. (Elle s'interrompit au moment de franchir la porte.) Tout va bien ? Tu as l'air... Comment dire ?

Il eut terriblement envie de lui parler. Elle serait horrifiée, folle de colère, mais au moins quelqu'un d'autre saurait. Hélas, c'était impossible. Il ne voulait pas être celui qui détruirait ses espoirs d'un « nouveau départ ». De toute manière, elle ne pouvait rien faire.

– Elliot ? Je t'ai posé une question. Ça va ?

Il soutint son regard en parfait petit menteur qu'il était devenu, remarquant encore une fois à quel point elle avait vieilli.

– Tout va bien. Juré craché. Vas-y, tu vas te mettre en retard.

Elle n'était pas convaincue.

– Écoute, si quelque chose te tracasse, si c'est quelque chose dont tu as peur de me parler... (Elle hésita.) Tu sais, des changements physiques, des trucs comme ça, ne t'imagine pas que tu ne peux pas me poser de questions. Promis ?

– M'man, tout va bien. Je te jure. Arrête de t'inquiéter. Je vais bien.

Il voyait bien qu'elle hésitait à partir, mais, pour finir, elle regarda sa montre et ouvrit la porte. Avec un peu de chance, à son retour elle aurait oublié.

La bouilloire s'était arrêtée automatiquement et la vapeur s'échappait doucement. Il éteignit la lumière, remonta dans sa chambre. La seule idée d'un chocolat chaud lui retournait l'estomac.

CHAPITRE 12

Il ne remarqua la fille qui s'avançait vers lui dans le couloir qu'après l'avoir bousculée, tout en envoyant valser le livre qu'elle tenait à la main. D'instinct, il se pencha pour le ramasser.

Il s'immobilisa. Le livre était retombé côté couverture. Pas d'image, un simple titre et le nom de l'auteur, en gros caractères comme pour la une d'un journal : *1984*, George Orwell.

– Tu pourrais t'excuser au moins !

Il releva les yeux vers le visage lui faisant face : un regard sombre, qui le fixait droit dans les yeux, sans aucune gêne, une bouche bien dessinée, de longs cheveux noirs qu'elle fit glisser derrière une oreille d'un geste légèrement agacé – alors, seulement, il remarqua la main qu'elle lui tendait.

– Désolé.

Il se redressa et lui tendit le livre, incapable de quitter la couverture des yeux. « Tu devrais le lire », avait dit Richard. Mais, intérieurement, Elliot avait refusé. La description faite par Richard avait suffi à le convaincre qu'il n'avait pas la moindre envie d'en savoir plus.

– Bon, ça suffit ! (Elle lui arracha le volume des mains.) C'est un livre, au cas où tu aurais du mal à t'en rendre compte ! Tu sais : ces petits trucs qu'on appelle des lettres qui servent à fabriquer des mots qui servent à construire des phrases qui, elles, fabriquent des histoires ! (Elle le feuilleta rapidement.) En plus, tu as perdu ma page. Et tu as abîmé la reliure ! Ça ne t'arrive jamais de regarder où tu marches ?

Son ton cinglant provoqua une sorte de déclic chez Elliot, mais, au moment où il ouvrait la bouche pour répondre : « Dis donc, toi non plus, tu ne regardes pas où tu marches ! », elle posa les yeux sur lui. Pour la seconde fois, leurs regards se croisèrent et il en resta muet. Elle avait un regard fascinant : des yeux magnifiques d'un vert sombre si intense qu'ils lui faisaient penser à des étangs d'eau pure.

Ils se dévisageaient fixement. Soudain, les

coins de sa bouche se relevèrent et elle éclata de rire. Un rire qui ne ressemblait à aucun autre, un rire comme il n'en avait jamais entendu auparavant – pas enfantin, mais ample, riche, qui semblait venir des profondeurs de son corps.

– Quel moulin à paroles, je suis ! s'exclama-t-elle. Tu as bien quelque chose à répondre, non ?

Il restait incapable d'articuler un mot. Ses yeux – posés ailleurs, à présent –, son rire, son soudain changement d'humeur, tout en elle le désarmait. Elle lissa la couverture de son livre.

– Désolée, enchaîna-t-elle. Ce n'est pas ce que je voulais dire... À propos des livres... Je me doute bien que tu sais... qu'un livre... Tu sais ce que c'est, bien sûr...

Il n'avait aucune idée de ce dont elle parlait.

« Qu'est-ce que je fiche ici ? Je ferais mieux de filer. » Mais pour une étrange raison – était-ce le souvenir de ce regard, de ce rire –, il demeurait planté là.

– On se connaît ? finit-il par dire.

Son sourire s'évanouit.

– Oh... En fait, je suis... Nous sommes dans le même groupe en anglais. Mme Davidson. Je suis assise devant, à gauche.

Il ne se souvenait pas de l'avoir vue, mais

après tout, il n'avait aucune raison de s'intéresser à la place qu'une fille occupait en classe. À la vérité, en dehors des vagues bavardages échangés au bowling, les filles n'avaient pas grand intérêt à ses yeux. Les Gardiens et leurs activités étaient strictement réservées aux garçons, et il avait assez de soucis comme ça.

Il agita la tête.

– Désolé.

– C'est pas grave. (Une légère rougeur colora ses joues... À moins qu'il ne l'ait imaginée... Elle balança ses cheveux en arrière.) Tu l'as lu ?

– Pardon ?

Il ne pouvait s'empêcher de bredouiller des mots d'excuse alors qu'au fond il n'avait aucune raison de s'excuser.

– Ce livre, *1984* ? Je me demandais si tu l'avais lu. Parce que tu le regardais comme si tu le connaissais... Mais je...

C'était pourtant vrai qu'elle rougissait.

– Euh... non. Enfin, il a l'air intéressant, c'est tout. Avec une couverture insolite.

« Menteur ! »

Il prit conscience qu'ils étaient tous les deux seuls dans le couloir, silencieux à présent. La dernière cloche avait retenti et la plupart des élèves étaient rentrés chez eux. Pourtant, il n'avait pas encore envie de partir, comme si une force invisible l'en empêchait – les en empêchait tous deux – et que se dégager de son emprise aurait brisé le sortilège. Il n'était pas sûr de vouloir le briser.

– Hé, là-bas ! Qu'est-ce que vous fichez là, tous les deux ?

Il sursauta. Un des surveillants, visiblement ravi d'avoir l'occasion d'exercer son autorité, hurlait.

– Allez, ouste ! Filez avant que je vous dénonce.

Ils sortirent dans l'atmosphère chaude et ensoleillée de l'après-midi. Au moment de glisser le livre dans son sac, elle interrompit son geste pour le lui tendre.

– Je te le prête si tu veux. Je l'ai déjà lu plusieurs fois.

Le dernier truc qu'il souhaitait voir traîner sur son étagère c'était un objet qui lui rappellerait les Gardiens. Il hocha vivement la tête.

– Non... Non, merci !

Sa voix claqua, plus cinglante qu'il ne le souhaitait. Elle eut une expression déçue et il se reprocha sa maladresse.

« Qu'est-ce que ça peut te faire ? persifla la voix. Tu la connais à peine. »

Au mépris de la voix, il s'efforça de rectifier le tir.

– En fait je suis débordé en ce moment. J'ai

déjà du mal à terminer *Le Royaume des Moustiques*[1].

C'était une piètre excuse, même si elle avait l'avantage d'être vraie.

Elle promena son regard sur le visage d'Elliot, le front légèrement plissé, la bouche ni souriante ni pincée. Encore un changement d'humeur, tout comme son brusque passage de la colère au rire. Il se demanda de quelle humeur elle était le plus souvent. Ces variations étaient étrangement séduisantes.

Toutes ces pensées le troublaient. Il se sentait bizarre, comme à bout de souffle et légèrement ivre. Il s'accrocha tant bien que mal au fait qu'à peine cinq minutes plus tôt elle était prête à le frapper.

Elle hocha la tête.

– Je veux bien te croire. Si tu aimes *Le Royaume des Moustiques*, quand tu auras fini je te conseille de lire *Au cœur des ténèbres*. De Joseph Conrad[2], au cas où tu ne le saurais pas.

Elle sourit, balayant toute nuance sarcastique de ses paroles.

Il éprouva un soulagement inexplicable d'avoir réussi, en partie tout au moins, à sauver la situation.

1. *Mosquito Coast*, roman de Paul Théroux, écrivain américain né en 1941.
2. Joseph Conrad (1857-1924), romancier anglais, auteur notamment de *Lord Jim* et de *Typhon*.

– À lundi, ajouta-t-elle.

Sur quoi, elle tourna les talons et s'en alla.

– Euh... d'accord.

Il la regarda traverser le terrain de sport puis franchir la grille, son livre à la main.

Il éprouvait toujours cette sensation bizarre, de malaise, de fébrilité, mais aussi d'exaltation. Quelque chose s'était passé. Dans le couloir, d'abord, sur le terrain de sport ensuite. Il ne comprenait pas vraiment ce que c'était ni si ça durerait, ni même s'il devait prendre ça comme une bonne ou une mauvaise chose.

Cette impression se prolongea tout le week-end ; pendant qu'il nageait, puis plus tard, chez Ben, pendant qu'ils travaillaient sur un photomontage pour un concours. À plusieurs reprises, Ben le dévisagea d'un drôle d'air, sur le point de dire quelque chose ; heureusement il se retint. Elliot en fut soulagé. Il n'avait pas franchement envie d'aborder ce sujet, ni surtout d'inventer un autre mensonge.

Il se demandait si le sentiment qu'il éprouvait était une forme de peur ou autre chose de radicalement différent.

* * *

Lorsque le lundi arriva, une partie de lui était convaincue que la fille l'avait complètement oublié et ne ferait même pas attention à lui. L'autre partie se demandait avec angoisse quelle attitude adopter si, justement, elle ne l'avait pas oublié et s'adressait à lui devant tout le monde.

Il s'avéra qu'elle ne fit ni l'un ni l'autre. L'emploi du temps commençait par deux heures d'anglais ; quand Elliot entra dans la classe, elle se contenta de le saluer d'un petit signe de tête juste amical, sans ajouter le moindre geste susceptible de l'encourager à bafouiller quelque banale civilité. Il se retourna plusieurs fois en allant s'asseoir, mais elle ne lui accorda pas un regard de plus.

D'un certain côté, il en fut soulagé car il n'aurait pas su comment réagir. D'un autre, il eut beaucoup de mal à se concentrer sur le cours. L'anglais avait beau être une de ses matières préférées, il passa toute l'heure à se creuser la tête, à imaginer sa réponse si elle lui avait fait comprendre qu'elle voulait lui parler. Le seul fait que, sans même lui avoir adressé la parole, elle puisse si complètement occuper ses pensées le surprit, l'inquiéta et l'excita tout à la fois, pendant la journée entière.

« Qu'est-ce que j'en ai à cirer de savoir ce qu'elle pense de moi ? En fait, j'en ai rien à cirer qu'elle pense ou non à moi ! »

À bien y réfléchir, il n'y avait aucune raison

sérieuse pour qu'il s'intéresse à cette fille – ni à aucune autre, d'ailleurs.

À la fin de la journée, il avait réussi à se persuader que toute cette affaire n'était que le fruit de son imagination. Il ne s'était rien passé entre eux vendredi dernier. Il l'avait bousculée, elle s'était énervée, il lui avait rendu son livre, point. Puis, il la vit franchir la porte du bâtiment en verre fumé où se trouvaient la bibliothèque et les salles d'informatique. Son estomac se noua et il traversa la pelouse à toute allure pour la rejoindre.

– Oh, salut ! fit-elle.

Sa voix était chaleureuse, amicale, mais pas surprise. Un peu comme si elle était certaine qu'il la chercherait, comme si elle avait tout mis en œuvre pour qu'il la retrouve ici, à ce moment précis, à cet endroit précis. Il faillit pratiquement l'en accuser, mais se ravisa à temps, conscient qu'il passerait pour un imbécile.

Elle attendait. Elle repoussa une mèche de cheveux derrière son oreille. Une impatience légère, mais pas excessive, marquait son visage. C'était à lui de faire le premier pas. Elle lui en offrait l'occasion, mais elle n'allait pas l'aider.

Il finit par se décider.

– Tu n'es pas une personne très facile à trouver.

Ces mots à peine lâchés il aurait voulu les ravaler.

« Tu parles d'une phrase ! Un vrai caïd de cinéma en train de baratiner. À croire qu'on a passé la première partie du film à jouer au chat et à la souris. Quel nul ! »

Elle fronça doucement les sourcils et déplaça sa main sur la bandoulière du petit sac à dos de toile jeté sur son épaule.

– J'ignorais qu'il existait une règle m'obligeant à toujours être à la disposition des autres : « Tu ne t'éloigneras point au cas où quelqu'un te chercherait. » Un truc de ce genre.

Il rougit, gêné.

– Désolé. Je ne voulais pas dire ça.

Elle ne semblait pas vexée – mais plutôt amusée et un peu moqueuse.

Il cherchait désespérément quelque chose à dire, inquiet, cette fois, de la manière dont elle risquait de percevoir ses paroles et de les interpréter. Il commença à lui parler de *Au cœur des ténèbres* qu'il avait commencé pendant le week-end, puis il s'interrompit, conscient du ridicule de la situation : il l'avait accostée, presque accusée et voilà qu'il était en train de pérorer pour rien. Soudain, il lui vint à l'esprit que si on les voyait ensemble, ça remonterait sûrement aux oreilles de Richard.

Certes, ça ne le regardait pas, ni lui ni personne. Et puis après, s'il l'apprenait...

Elle se détendit, un sourire se dessina sur ses lèvres et elle laissa échapper ce merveilleux rire.

– Tu as l'air d'attendre que je t'absolve de tes péchés, dit-elle, les yeux brillants de malice. Tout tendu, tout rouge, et tu danses d'un pied sur l'autre tellement tu es gêné...

Une bouffée lui échauffa les joues et il se sentit rougir deux fois plus.

Elle ajouta :

– J'habite l'avenue du Parc, si c'est près de chez toi, je peux peut-être t'autoriser à faire une partie du chemin avec moi. Si ça te dit. Au fait, je m'appelle Louise.

***

Il savait parfaitement à quel moment précis Louise avait cessé de le déconcerter, de l'effrayer – par ses changements d'humeur spectaculaires et imprévisibles, sautant d'une opinion passionnée, fougueuse, sur tout et tout le monde à une colère ironique ou à ce merveilleux rire rauque, souvent en cinq minutes, à peine – et où il avait compris qu'il était amoureux d'elle.

Ce lundi après-midi, il l'avait donc raccompagnée chez elle et, de nouveau, deux jours plus tard. Très rapidement, à la fin de chaque journée où n'avait pas lieu sa formation de Gardien, ils se retrouvaient pour marcher ensemble jusque chez elle. Souvent, ils passaient par le parc pour regarder les canards s'asticoter pour une miette de pain et bavarder un peu plus longuement.

Il adorait l'écouter. Peu importait ce dont elle lui parlait : politique, musique, art, littérature. Quel que fût le sujet, elle connaissait un tas de trucs dessus et elle en parlait avec une telle assurance, une telle aisance, une telle passion... Parfois, il l'imaginait comme une trapéziste : gracieuse, agile, puissante, plongeant dans le vide, planant sur l'air, avec la certitude qu'un autre trapèze arriverait au bon moment et qu'elle ne tomberait jamais. Parfois, il la voyait comme une escrimeuse : rapide, vive, imprévisible, portant des coups foudroyants à la pointe acérée de son épée ; dansant, feintant, fendant, ne cédant jamais de terrain.

Elle était tout ce qu'il n'était pas. Il se sentait emporté dans un monde nouveau, vivant, jubilatoire. Quand il était avec elle, qu'il l'écoutait, sa respiration se précipitait, le monde s'accélérait ; il était exalté, transporté.

Un jour, elle s'interrompit brusquement et se mit à le dévisager avec une expression contrariée.

– Est-ce qu'il t'arrive d'avoir une opinion personnelle ?

– Que veux-tu dire ?

Elle soupira, exaspérée.

– Écoute, depuis deux semaines tu restes là comme un imbécile à me laisser dire tout ce que je veux. Je viens de dire que l'euthanasie devrait être obligatoire pour toutes les personnes de plus de soixante ans et tu as hoché la tête ! Je pourrais dire n'importe quoi, tu serais d'accord ! Tu ressembles à ces chiens sur la plage arrière des voitures qui hochent la tête sans arrêt !

Elle avait raison, il le savait. De loin en loin, il lâchait bien quelques mots, mais uniquement quand il était d'accord avec elle – c'est-à-dire presque tout le temps – ou si elle exigeait un assentiment – c'est-à-dire le reste du temps. Son problème était qu'auprès d'elle, ses pensées ou ses idées à lui semblaient banales et insignifiantes. Il redoutait de les soumettre à son jugement impitoyable.

Louise s'arrêta.

– Regarde-moi, ordonna-t-elle.

Son visage était sévère, mais adouci par l'étonnement et la tristesse. Ils étaient très proches. La rue était tranquille. Sa poitrine se noua.

« Elle est belle. Je ne m'en étais pas vraiment rendu compte avant. J'aime ses yeux, la courbe douce de ses joues. J'aime tout en elle... »

Elle poursuivit à voix basse pour ne pas briser l'instant.

– Parle-moi. Parle-moi de toi. De ce que tu aimes. Ne t'inquiète pas de ce que je vais en penser. Parle-moi, tout simplement.

Il ne pouvait pas la repousser, pas plus qu'il ne pouvait nier les frissons qui, à cet instant, lui parcouraient le corps. Mais comment lui avouer la force de ses sentiments sans savoir ce qu'elle éprouvait pour lui. Lui décrire ce qu'il ressentait risquait de détruire quelque chose de précieux. Alors, il lui donna la seule autre chose qu'il avait à offrir.

Maladroitement, en hésitant, le cœur battant, il dit :

– Tu te souviens quand tu m'as parlé de tes lectures ? De ce que les livres représentaient pour toi – qu'ils n'étaient pas seulement des mots et du papier... Que lorsque tu lis, tu n'es pas juste en train de lire, tu explores, tu vas au-delà, tu entres en relation avec les autres, les personnages, tu partages leur vie et tout ce qui leur arrive. Tu as dit aussi que tu oublies tout le reste, y compris toi-même, que plus rien n'a d'importance et que, quand tu refermes le livre, tu as appris quelque chose que tu ne savais pas avant, mais que tu n'es pas capable de dire ce que c'est...

C'était la première fois qu'il parlait aussi longuement sans être interrompu. Louise ne dit rien, mais il savait qu'elle l'écoutait intensément.

– Je pense...

Il utilisait les mots de Louise pour dire ce que, jamais auparavant, il n'aurait osé avouer. Il avait toujours considéré qu'il s'agissait d'un secret honteux, de désirs interdits, magnifiques et parfaits dans l'intimité de son cœur et de son corps, mais impossibles à révéler de crainte qu'on lui réponde que c'était mal ou immoral. Et voilà qu'il en parlait à Louise – mais, à la vérité, il ne s'agissait plus ni de livres ni de lecture. Il s'agissait d'elle. Des sentiments qu'elle soulevait en lui lorsqu'ils étaient ensemble : elle était un feu d'artifice éclatant de mille couleurs dans un monde noir, blanc et gris ; avec elle, il abordait un autre monde ; un bonheur profond l'envahissait ; et chaque fois qu'ils se quittaient, il ne savait ni quoi ni comment, mais quelque chose en lui avait changé...

– Je pense... que c'est ce que j'aime.

***

C'était toujours elle qui parlait le plus. Mais désormais il faisait un effort et se sentait l'audace d'aller plus loin que simplement acquiescer sans broncher. Une ou deux fois, il lui arriva même de s'exprimer sans calcul : avec passion, les idées s'enchaînaient les unes aux autres, se télescopaient. Les rares fois où ça lui arriva, il s'interrompit, embarrassé, effrayé à l'idée de dire n'importe quoi.

Elle le lui reprochait, alors, avec un mélange d'agacement et de tristesse. Et dans ces occasions-là, il était souvent tenté d'abandonner toute prudence – de s'ouvrir à elle, d'arracher le masque et de tout lui dire. Mais il se retenait tant il craignait qu'elle ne déverse sur lui son ironie cinglante et ne le juge pitoyable.

Pire : il était terrorisé à la pensée que sa tendresse pour Louise ne le compromette et ne le rende vulnérable. Les différents Elliot qu'il avait construits ne pouvaient pas être livrés à eux-mêmes – ils nécessitaient une surveillance constante, un entretien, des réglages, des perfectionnements. S'il relâchait son attention, il pouvait, avec une facilité déconcertante, réagir de manière inadaptée, confondre celui qu'il était censé être. Or, si le chemin des différents Elliot se croisait, si le masque qu'il portait en présence des Gardiens se déchirait, ne fût-ce qu'une fraction de seconde... il n'y aurait pas de pitié. Il serait annihilé.

Il ne pouvait pas prendre ce risque. Même pour Louise.

CHAPITRE 13

– Elliot, voulez-vous rester un instant, s'il vous plaît ?

Le reste des élèves se dirigea joyeusement vers la porte. Que lui voulait Mme Davidson ? Ça ne devait pas être bien grave : il rendait toujours des devoirs sérieux, à la date prévue, encore que ces derniers temps il ait un peu relâché ses efforts. Il avait trop de choses à gérer, trop de pensées en tête : les Gardiens, Ben, Louise... Diriger et tenir à distance ses différentes identités l'accaparait de plus en plus. Il en avait même négligé sa dernière dissertation d'anglais jusqu'à la veille du jour où il était censé la remettre, et n'avait pas pris la peine de la relire et de corriger les erreurs éventuelles. Ça ne lui ressemblait pas.

Mme Davidson attendit que la salle soit vide avant de refermer la porte d'une main ferme et d'aller s'asseoir sur le bord d'un des bureaux du premier rang, à une rangée de lui.

Il triturait la fermeture Éclair de son sac à dos, gêné de sentir le poids de son regard. Il appréciait Mme Davidson, bien qu'elle n'ait jamais montré d'attention particulière à son égard. Elle était jeune, la trentaine, elle faisait preuve d'enthousiasme pour son métier, ce qui la distinguait des autres professeurs. Quand elle se passionnait pour un thème, elle allait et venait dans la classe et, à chaque changement de direction, sa longue queue-de-cheval rebondissait sur le verre de ses lunettes – pourtant personne ne songeait à rire. Il avait toujours aimé l'anglais, et avec elle, l'anglais devenait plus qu'une simple discipline scolaire.

Le soleil inondait la pièce à travers les fenêtres fermées. Bien qu'il n'aperçoive personne dehors, il se sentait vulnérable. L'écho éloigné d'une tondeuse à gazon faisait trembler les vitres et les vibrations soulevaient des volutes de poussière qui retombaient paresseusement le long des rais de lumière. Mme Davidson martelait le bureau de ses ongles, le bruit résonnait sur le bois non ciré. Pourquoi ne disait-elle rien ? Attendait-elle que ce soit lui qui parle ?

Elle agita la tête en riant.

– D'accord. Vous avez gagné. Je ne réussirai pas à vous faire baisser les yeux. Vous êtes très fort, Elliot Sutton.

Il attendait, mal à l'aise, sans comprendre où elle voulait en venir. Il jeta un bref coup d'œil dehors, puis revint à elle.

L'expression était amicale.

– Je voulais vous voir parce que je m'inquiète des changements dans votre travail. Vous m'avez toujours remis d'excellents devoirs que je lis avec plaisir. Mais ces derniers temps... je sens quelqu'un qui, se sachant doué, ne s'investit plus dans son travail. Dites-moi si je me trompe, je vous prie.

Parce que l'accusation venait d'elle et qu'il l'aimait bien, elle le blessa. Il eut brusquement le sentiment de l'avoir laissée tomber, d'avoir trahi sa confiance. Il bredouilla une réponse

– Euh... c'est possible. À vrai dire... je n'avais pas... (« Ressaisis-toi ! ») Je n'avais pas vu les choses sous cet angle, mais si c'est l'impression que ça donne, alors j'imagine que vous avez raison.

« Mauvaise réponse. »

– Hum. (Elle semblait vouloir pénétrer en lui et regarder en face la vraie réponse.) Je me demandais si, à travers ce changement, vous cherchiez à envoyer un signal. Autre chose qu'un désintérêt pour les bonnes notes. (Elle marqua un temps, comme pour être sûre de choisir les mots justes.) Je me demandais s'il y avait un problème qui aurait pu affecter votre travail. Des problèmes que l'école devrait connaître afin que nous puissions – si vous le souhaitez – vous aider à les résoudre... Elliot ? Je sais qu'on traverse souvent une période difficile à votre âge... Il n'est pas toujours facile d'en parler. Et il arrive que ce soit ceux dont la carapace est la plus épaisse qui souffrent le plus. Ceux dont le masque est le plus efficace trouvent souvent difficile de se découvrir.

Le choc fut quasiment physique. Elliot fit un effort suprême pour ne pas reculer. Elle était là, dans son esprit, scrutant chacune de ses pensées, arrachant chaque garde-fou, fourrant son nez dans les recoins les plus secrets de son âme.

« Comment sait-elle ? Comment avait-elle pu deviner ? »

Elle lui sourit.

– Ne prenez pas cet air angoissé. Chacun de nous enfile sa propre armure avant de commencer sa journée. Certaines personnes sont plus douées que les autres, c'est tout. Il arrive néanmoins que certains d'entre nous appellent à l'aide et que leurs armures les empêchent d'être entendus. Je serais ennuyée de me dire que quelqu'un dans mon entourage appelait à l'aide et... que je ne l'ai pas entendu.

« Elle ne sait rien ! »

Son angoisse se dissipa, il en frissonna de soulagement.

« Elle ne sait rien. Strictement rien. Je suis toujours en sécurité. » Sur-le-champ, la voix persifla : « Comment ose-t-elle ! Elle est prof d'anglais, point. Son boulot c'est de corriger tes devoirs, de t'aider à réussir tes examens, pas d'essayer de te piéger avec des trucs psy à deux balles. Elle n'a pas à se mêler de ta vie ! Ne te laisse pas faire ! »

S'obligeant à détendre les muscles de son visage, il adopta cette expression neutre et courtoise qui informe votre interlocuteur que vous n'avez pas la moindre idée de ce dont il parle, ni de là où il veut en venir. Il haussa une épaule.

– Je vais bien. Je reconnais que je n'ai pas assez travaillé les dernières dissertations. Mais c'est le seul problème que je vois. Désolé.

Ce fut au tour de Mme Davidson d'être déstabilisée.

– Oh !

Il y avait tant de choses derrière ce visage et derrière ce « Oh ! » Elle avait essayé de le pousser dans ses retranchements, de trouver la preuve de ce qu'elle ressentait et ce faisant elle s'était mise en danger. Du coup, il en avait profité : lui affirmant qu'elle ne comprenait rien, qu'elle ne savait rien. Alors maintenant, elle réfléchissait, s'inquiétait de ce qu'il allait faire, de ce qui reviendrait aux oreilles de la communauté scolaire.

« Au fait, vous ne savez pas ? Mme Davidson... Elle m'a retenue parce qu'elle voulait connaître toutes mes pensées "intimes". Vous vous rendez compte... » « Dites, monsieur, vous êtes au courant, à propos de Mme Davidson ? C'est vrai qu'elle était seule avec un élève et que... ? »

Il l'entendit avaler sa salive. À l'extérieur de la salle, résonna l'écho étouffé d'un éclat de rire. Ce qu'il venait de faire le dégoûtait, même si c'était de l'autodéfense. Elle ne tenterait plus ce genre d'approche. Elle n'agirait plus en fonction de son instinct, elle se contenterait d'enseigner. Elle ne se ferait plus confiance, elle aurait trop peur de se tromper encore une fois. Il y avait veillé.

« Vous ne devriez pas être aussi gentille », songea-t-il avec désespoir. Il aurait voulu le lui crier jusqu'à ce qu'elle l'ait bien compris. « Vous ne devriez pas être aussi gentille ! »

– Bien... (Elle se redressa, retourna vers son bureau où elle fit semblant de ranger ses papiers. Elle restait dos à lui.) Voilà... c'était tout... tout ce que je voulais savoir. Vous pouvez partir, maintenant.

« J'aurais pu lui rendre les choses encore plus difficiles, se dit Elliot en refermant la porte derrière lui. J'aurais pu lui rire au nez et réagir comme si elle était folle. Honnêtement, elle s'en tire à bon compte. »

Piètre consolation...

* * *

Ce fut pire encore après sa séance de formation, le soir même.

Les trois Gardiens étaient présents, mais le cours n'avait pas eu lieu. À la place, ils lui avaient donné leurs instructions. Elliot avait deux semaines pour désigner un exécuteur, choisir une sanction et désigner un sanctionné.

« Je dois faire une sélection. »

Les deux premières étapes ne seraient pas trop difficiles. Un tas de gosses mouraient d'envie de prouver qu'ils étaient capables de terroriser leurs camarades ; et trouver une sanction n'était pas compliqué.

Ça le perturbait de réagir ainsi. Quelques mois plus tôt, l'idée même de prendre une telle décision lui aurait paru ignoble et tout simplement impossible. Mais ainsi que Richard l'avait prédit, il commençait à voir le monde sous un autre jour, à penser autrement. Il commençait à concevoir le monde comme une scène de théâtre peuplée d'acteurs qui obéissaient à ses indications et faisaient ce qu'il leur ordonnait.

« Leurs rôles sont déterminés à l'avance et tu dois t'assurer qu'ils s'y tiennent. »

Il lui faudrait beaucoup de temps, d'efforts pour s'y habituer ; et encore il n'était pas certain de se sentir, un jour, à l'aise dans ce rôle.

Quant à la troisième étape... Un frisson le saisit et une douleur sourde lui parcourut l'échine. Jusqu'à maintenant, il s'était contenté d'observer et d'apprendre. Affronter la responsabilité d'une sélection et d'une sanction était une réalité qui ne l'avait jamais effleuré. Cette fois, on jouait dans une autre cour. Cette fois, il s'agissait de prendre une décision. Lui ! Quelqu'un allait souffrir parce qu'il l'avait décidé, lui. Comment vivre avec ça ?

« Où est le problème ? persifla la voix. Tu choisis un élève, n'importe lequel, tu remplis le contrat, point. Et tu te fiches de savoir qui c'est ! Souviens-toi : si c'est un autre, ce n'est pas toi. »

Ni Ben non plus. Il pouvait au moins se raccrocher à cette idée. Sa première action quand il serait Gardien titulaire, ce serait de rayer son nom de la Liste.

« J'aurai ce pouvoir. »

Même cette pensée ne l'aidait pas à se sentir

mieux. Dans un sens, la pensée de ce pouvoir – un pouvoir de vie et de mort – était presque aussi insoutenable que celle de ne pas en avoir du tout.

Presque.

– Dis-toi que c'est ton parcours initiatique, avait dit Richard. Pour être entièrement des nôtres, tu dois faire tes preuves. Tu dois prouver que tu as l'autorité et la force d'organiser cette opération et de la mener à son terme.

– Alors, nous saurons qui tu es vraiment – et toi aussi.

« Qui suis-je ? Qui est cet individu en moi ? »

À l'origine, il n'était qu'une seule et même personne, Elliot, un garçon ordinaire qui menait une vie normale. Puis, un deuxième Elliot avait surgi, un être faible, sans défense que tout le monde persécutait. Plus tard, un troisième avait vu le jour : Elliot l'insolent, l'impassible, l'intouchable, l'apprenti-Gardien. Enfin, il y avait l'Elliot qu'il était avec Ben et celui qu'il était avec Louise.

Lequel d'entre tous était lui ? Qui était le véritable Elliot ?

« Peut-être suis-je tous ces individus à la fois. »

Mme Davidson avait parlé des masques grâce auxquels on se protège, et au début, c'était bien de cela qu'il s'agissait. Mais, un masque, on l'enlève. Sauf qu'à présent, il ne savait plus très bien s'il existait encore une frontière entre le vrai Elliot et celui des masques et, à la vérité, il commençait même à en douter.

* * *

Le samedi, il alla nager avec Ben, comme d'habitude. Après, sur le trottoir devant la piscine, Ben proposa brusquement :

– Marcher, ça te dit ?

Elliot hésita, se demandant qui pouvait rôder dans le coin un samedi matin, évaluant les risques de croiser quelqu'un de l'école.

– On n'est pas obligés de se balader en ville, ajouta vivement Ben. On peut marcher dans les bois. Ceux de Holminster n'iraient jamais là-bas un samedi.

Elliot sentait encore la migraine avec laquelle il s'était réveillé ce matin-là. Un peu d'air frais lui ferait du bien.

– D'accord. Pourquoi pas ?

Ils coupèrent derrière une cité HLM, empruntant un étroit chemin bordé de chaque côté par un haut grillage rouillé. Ben marchait en tête, son sac de piscine bringuebalant au bout d'une main, sans regarder derrière lui. Elliot le suivait d'un pas plus lent, regrettant d'avoir accepté de l'accompagner.

Soudain, ils furent dans les bois. L'espace d'un clin d'œil, ils étaient passés d'un toit de ciel bleu à un toit de feuilles vertes et de branches d'arbres. La température fraîchit immédiatement.

Ben l'attendait quelques mètres plus loin.

– Tu vois, dit-il dès qu'Elliot l'eut rejoint, il n'y a jamais personne le samedi. Sauf parfois, quand il fait beau, des couples qui flirtent – mais ils ne sont pas gênants.

– Ouais... maugréa Elliot.

Malgré la fraîcheur, la sensation pesante d'oppression ne s'effaçait pas. L'odeur de végétation en décomposition et d'écorce lui rappelait pourquoi il venait ici d'habitude. Il ne s'était pas rendu compte que les bois étaient si proches de la ville. À quelle distance se trouvaient-ils du quai désaffecté ?

Il marchait derrière Ben. Ni l'un ni l'autre ne parlaient. Le sentiment que Ben était à la recherche de quelque chose d'autre qu'une simple promenade le taraudait. Il semblait curieusement exalté, tendu, à cran, mais sur un mode différent du jour où il avait renversé le fixateur dans la chambre noire. Elliot ne l'avait jamais vu dans cet état. Du coup, ça le rendait nerveux lui aussi. Car malgré ce qu'avait dit Ben, c'était un risque inouï de venir ici, n'importe qui pouvait les voir.

« Je suis stupide, je n'aurais jamais dû accepter. »

Des pensées au sujet de la sélection se répandaient en lui comme un venin. « Comment choisir ? » Parmi un troupeau de sept cents élèves. Il n'en connaissait pratiquement aucun et aurait été incapable de leur donner un nom ; les seuls qu'il connaissait et détestait suffisamment pour les sélectionner faisaient partie de ceux auxquels il ne pouvait pas toucher – sauf pour être des exécuteurs.

« Comment choisir puisqu'aucun garçon ne mérite vraiment d'être sur la Liste ? »

Bien sûr, Richard lui avait parlé de ceux qui le méritaient, ceux qui l'avaient bien cherché, ceux qui avaient oublié leur rôle et qu'il fallait rappeler à l'ordre – comme le garçon au nez gercé, par exemple. Mais ces explications ne lui facilitaient pas la tâche.

« Choisis au pif ! persifla la voix. Ça changera quoi ? Choisis au pif. Remplis ton contrat, point. »

– Elliot ! Regarde-moi !

Il fut tiré en sursaut de ses pensées. Au début, le décor qui l'entourait ne lui sauta pas aux yeux. Puis, ce fut le choc : le mur de briques, le remblai de terre qui s'étirait de chaque côté, le ciel au-dessus de leurs têtes.

Le quai désaffecté !

Ben s'assit sur le mur, les bras largement ouverts comme s'il accueillait Elliot sur son territoire.

Le mur des Gardiens. Le territoire des Gardiens.

La panique s'empara d'Elliot, lui broya la poitrine.

« C'est un piège ! On m'a piégé ! »

Des idées machiavéliques lui brouillaient l'esprit : Ben était un Gardien. Un Guetteur. Il avait découvert la vérité sur Elliot. Il allait le faire chanter.

Il pivota d'un bloc, scruta les bois, désespérant de percer les épaisses rangées d'arbres. Toute l'école était peut-être cachée là, à l'attendre. Les arbres étaient si denses qu'on pouvait se dissimuler n'importe où.

On ne pouvait pas être plus naïf !

« Quel imbécile ! Jamais je n'aurais dû prendre un tel risque avec Ben. »

Maintenant, il allait payer. D'un instant à l'autre, Richard allait surgir des fourrés, son sourire carnassier aux lèvres et lui susurrer de sa voix mielleuse : « Tu ne pensais tout de même pas que tu allais me rouler ? Tu n'avais pas la naïveté de croire qu'on ne découvrirait pas ton passé ? Tu ne t'imaginais pas sincèrement que tu allais devenir un Gardien ? »

Et pour compléter le tableau, les autres,

morts de rire, l'insultaient, s'approchaient, l'encerclaient. Et là, au cœur du cercle, il attendait...

Il attendait...

Il attendait...

Un bruit claqua, assourdissant, sans qu'il comprenne d'où il venait. Puis, il comprit : c'était sa propre respiration, l'air qu'il rejetait – écumant, mugissant comme un torrent – par le nez et par la bouche.

Il n'y avait personne derrière les arbres.

Ils étaient seuls dans la clairière.

« Imbécile. Ressaisis-toi. Bon Dieu ! »

Ben était toujours juché sur le mur.

– Je me suis toujours demandé l'effet que ça fait d'être assis là, cria-t-il.

Elliot le rejoignit d'un pas lent.

Sa respiration s'apaisait, son estomac se dénouait. La transpiration sous ses aisselles séchait. Il recouvrait son calme.

– Qu'est-ce que tu fabriques ?

Ben éclata de rire, écartant les bras plus largement encore.

– Je m'en vais ! Voilà ce que je fabrique. Je pars.

– Quoi ?

– Je pars. À la fin du trimestre. Maman me l'a annoncé hier. Nous déménageons. Loin de Holminster.

Elliot dut faire un effort pour intégrer ce que Ben était en train de lui dire. Il lâcha bêtement :

– Mais pourquoi ?

Ben baissa les bras et haussa les épaules sans cesser de sourire. Elliot ne lui avait jamais vu un sourire pareil – sans trace de prudence ou d'inhibition, sans le plus petit soupçon de crainte.

– Comme dit ma mère... Holminster n'a rien à nous offrir, ni à l'un ni à l'autre.

« Tu ne peux pas ! aurait voulu crier Elliot. Tu ne peux pas fuir comme ça. J'allais rayer ton nom de la Liste : c'était l'unique bonne action que je pouvais choisir de faire. Si tu pars, même ça, je ne pourrai pas le faire. »

Comment pouvait-il être aussi injuste ? De quel droit pouvait-il reprocher quoi que ce soit à Ben ?

Il essaya de se montrer enthousiaste.

– Super. Félicitations !

Ben sourit de nouveau.

– Merci. Je n'arrive pas à y croire. Fini, Holminster. Comme dit ma mère : « On s'offre un nouveau départ. »

« Un nouveau départ. » Les mots lui firent dresser les poils sur les bras. « Tu veux que je te dise ? songea Elliot. Tu veux que je te raconte vraiment comment ça se passe ? Nouveau départ, tu parles ! Sauf si tu deviens comme moi. Et si je te le raconte, est-ce que je te rends service ? »

– Plus de Gardiens ! hurlait Ben aux arbres. Vous m'entendez ? Vous ne me faites plus peur ! Vous ne pouvez plus m'attraper maintenant !

Sa voix était d'une puissance démesurée. Les mots planaient, comme suspendus dans l'air pour l'éternité. Quelque part, un vol d'oiseaux s'éleva dans un fracas assourdissant de battements d'ailes et de cris rauques.

– La ferme ! cracha Elliot sur le qui-vive. Quelqu'un pourrait t'entendre. Viens, fichons le camp d'ici !

Ravi, Ben éclata de rire en agitant la tête.

– Finie la terreur. Je pars d'ici. (Il recommença à hurler.) Bon débarras, Holminster !

Hors de lui, terrifié, Elliot lui balança un coup de pied dans la jambe.

– La ferme, je te dis !

Décontenancé, hébété, Ben le dévisagea. Il se pencha sur sa jambe, qu'il se mit à frotter doucement.

– Pourquoi tu as fait ça ?

Elliot tenta de maîtriser sa peur ; sans succès.

– Toi, tu pars. Moi, je reste. Tu comprends ?

Il se débattait intérieurement pour justifier son acte.

« J'ai déjà frappé quelqu'un. Ce n'est pas comme si c'était la première fois. Kevin Cunningham. Il le méritait. C'était de l'autodéfense.

Mais c'était une autre vie... Pas aujourd'hui. Pas Ben. Ben... Il aurait pu tout détruire. Oh, mon Dieu ! Et si quelqu'un nous espionnait ? »

Il se sentait prêt à défaillir. Ses mains tremblaient.

Ben sauta du mur. Il regardait son sac de sport se balancer au bout de son poignet ; par une déchirure, sa serviette mouillée et son maillot dégoulinaient sur ses baskets.

– Inutile de te fâcher, maugréa-t-il. T'avais qu'à le dire. C'était pas la peine de me frapper.

Elliot ne trouvait rien à répondre. Il n'y avait pas de réponse.

Ben tressaillit.

Le silence s'installa. Sans aucun rapport avec les silences complices de la chambre noire. « Un silence qui durait, se prolongeait – comme s'il n'allait jamais finir », songea Elliot. La tête douloureuse, il n'arrivait plus à réfléchir logiquement. Il était obsédé par l'idée que Ben était à l'origine de sa terreur. Ben – qui l'avait amené ici sans avoir la moindre idée de la portée de son geste, du danger auquel il l'exposait. Ben – qui pouvait tout détruire simplement parce qu'il ne savait rien du personnage qui lui faisait face. Ben – qui avait toujours été un danger, une menace à cause de ses enfantillages, de son côté crampon, collant.

Soudain, il voyait Ben comme Richard lui

aurait appris à le voir. Il découvrait à quel point Ben représentait tout ce que le nouvel Elliot ne voulait pas – ne pouvait pas se permettre de se rappeler. Ben n'était plus qu'une image d'un passé que, par tous les moyens, il s'efforçait d'enterrer.

Ben disait...

– On peut garder contact... Tu pourras même venir me voir si tu veux.

Un danger. Une menace.

– Elliot ?

Il ravala sa peur, l'enfouit au tréfonds de lui-même, comprenant qu'en réalité sa peur ne l'avait jamais abandonné et que jamais elle n'avait été aussi aiguë. Avant Holminster, il s'agissait d'une peur sourde, stagnante, liée à la certitude que rien ne changerait, que les tortures s'exerceraient jour après jour, semaine après semaine, année après année, éternellement. Aujourd'hui, il découvrait une autre forme de peur, cruelle, insidieuse, impitoyable. Ici, à Holminster, la donne avait entièrement changé, ce qui signifiait qu'elle pouvait aussi, en permanence, se réinverser – et ça, il savait qu'il ne serait pas capable de le revivre.

Il devait fuir.

– Je dois partir, dit-il. Des trucs à faire.

Ben leva les yeux. Il hésita.

– Je pensais que tu viendrais... tu sais... comme tous les samedis...

Elliot agita la tête, comme pour se libérer de la tempête de bruits et d'images qui se déchaînait sous son crâne.

– Impossible. Pas cette semaine. La suivante, peut-être...

« Peut-être jamais. »

Un masque immonde. Déformé par les cris. Il s'imagina une jambe bottée écrasant le masque, étouffant les cris, les détruisant, les anéantissant.

« Je suis fort. Je suis très fort. Assez fort pour affronter la peur. »

La voix de Ben s'éleva. Pressante. Suppliante presque. Comme la première fois où ils s'étaient rencontrés.

– Tu comprends... je pensais... (Il baissa les yeux sur la pointe de ses chaussures.) Il y a une photo... je pensais qu'elle te... enfin, seulement si tu veux bien...

– Je suis occupé, je te dis !

Sous l'effet de la peur, Elliot devenait méchant.

« Il faut tuer. Anéantir. »

– T'as pas compris ? Tu veux que je sois plus clair ? T'imagines que j'ai pas mieux à faire que traîner toute une matinée les mains dans les produits chimiques ?

Il fallait qu'il agisse ainsi. Il n'avait pas d'autre choix. Les cris s'échappaient toujours, quoique plus faibles. Il ajusta le tir, pulvérisant les sons aussi bien que les images. Un kaléidoscope de souvenirs en noir et blanc – les photos surgissant comme par magie sur des feuilles de papier immaculé à la lueur d'une ampoule rouge, Ben se tournant vers lui pour poser une question, Ben lui expliquant quelque chose, Ben et lui en pleine conversation...

« Si tu veux éviter d'être blessé, attaque le premier. Ne te laisse plus jamais atteindre. Tu es fort. Les autres, c'est plus ton problème. Tu es assez fort pour ne plus t'en inquiéter. »

– Si tu veux, je peux apporter la photo à l'école... osa Ben. Enfin, uniquement si tu veux... Bien sûr, je ne le ferai que... Si tu ne veux pas, je...

Sa voix se troubla.

Elliot bondit.

– Je t'interdis de m'aborder à l'école. Tu entends, je te l'interdis !

Ben se figea sur place, la tête baissée, encaissant chaque coup que lui portait Elliot. Comme un animal battu qui, malgré la douleur, en redemanderait.

« Combien de coups faut-il porter pour que l'autre comprenne ? »

Ben murmura quelques mots, à peine audibles.

– Comment ? tonna Elliot plus brutalement qu'il n'en avait eu l'intention.

Ben tressaillit à nouveau.

– Je ne le ferai pas. Je dis : « Je ne le ferai jamais. »

L'odeur putride de la végétation gonfla les narines d'Elliot. Une odeur de mort. De décomposition. De corruption.

Sans un regard pour Elliot, Ben se détourna et s'éloigna par le chemin d'où ils étaient venus.

Elliot lutta contre le désir profond de le rappeler.

« J'aurais dû lui dire... pensa-t-il. J'aurais dû au moins lui donner la clef de la survie. »

Survivre n'était pas si difficile. Il fallait simplement étêter toutes les parties de soi qui ne s'adaptaient pas au tableau. Après un temps, cette nouvelle identité devenait une seconde nature, comme si on avait toujours été celui que, désormais, on était devenu.

La difficulté résidait dans la maîtrise des différents personnages et dans la faculté à bien les maintenir à distance les uns des autres.

Il faillit rattraper Ben, mais la voix le rappela à la réalité.

« Ne sois pas stupide. »

Il regarda la silhouette s'éloigner jusqu'à ce que les arbres l'engloutissent.

« Ben était un risque. Il l'aurait toujours été. Mieux vaut qu'il parte. »

Ses mains tremblaient. Il enfonça ses ongles dans ses paumes.

« Tu es fort... »

« Je suis fort... Je n'ai pas peur. »

CHAPITRE 14

Les deux semaines suivantes filèrent à une vitesse inimaginable ; les jours s'enchaînèrent les uns aux autres jusqu'à ce qu'il n'eût plus qu'un seul choix, obéir à son destin, exécuter sa « mission ». Il n'existait aucun moyen de fuir. Mais Elliot n'approchait d'aucune décision.

Tout autour de lui un tas de garçons – facilement repérables – auraient rempli les conditions. Plusieurs fois même, il interrogea Olivier ou d'autres Guetteurs, leur demandant de lui préciser un nom, des détails – notes, habitudes, fréquentations – et chaque fois ses intuitions se confirmaient. Mais chaque fois aussi, il achoppait devant la décision finale, espérant, en vain, trouver une bonne raison pour détester l'un ou l'autre.

Pourquoi était-ce si difficile ? Faire ce choix ne changerait rien.

Tout – la violence, les vainqueurs, les victimes – tout existait déjà.

« Nous ne sommes pas des créateurs, mais de simples révélateurs. Holminster a créé les Gardiens, pas l'inverse. »

S'il ne faisait pas cette sélection, quelqu'un d'autre la ferait. Tout ce qui changerait, c'est qu'il ne serait jamais Gardien – et qu'il signerait son arrêt de mort.

Jamais il ne s'était senti aussi seul. Si au moins il avait pu partager sa détresse avec quelqu'un. Si quelqu'un avait pu l'écouter, sans le juger, révéler toute la noirceur de son cœur, tout aurait été plus acceptable. Mais il n'y avait personne.

Louise avait bien remarqué sa mine préoccupée, seulement dès qu'elle lui posait des questions, il se cachait derrière des excuses – devoir, compétition de natation, examen de fin de trimestre... Bref, il vivait dans la terreur qu'elle ne découvre la vérité – même si c'était impossible, à moins qu'Elliot lui-même ne la lui révèle. Dieu merci, Holminster était le seul sujet qu'elle abordait rarement, ce qui facilitait les mensonges. N'empêche, Elliot détestait lui mentir.

La voix qu'il haïssait, mais dont dépendait sa survie, persiflait régulièrement, désormais.

« Tu n'es pas coupable. Chacun a ses secrets. Ce qu'elle ignore ne peut pas la blesser. »

En plus, elle n'avait toujours pas abandonné l'idée de le convaincre de lire *1984*.

***

– Je t'assure que tu devrais le lire.

Il était déjà tard, ce mardi-là. Ils étaient assis tous les deux, sur un banc, dans le parc. Elliot lança la fin de son sandwich dans la mare et regarda les canards plonger à sa recherche à grands renforts d'éclaboussures et de gloussements.

– Tout le monde devrait le lire.

– Tu n'as pas dit qu'obliger les gens à faire quelque chose c'était du fascisme ? dit-il.

Il avait appris à se montrer plus téméraire, plus audacieux. Et même s'il ne la contredisait jamais quand leurs opinions divergeaient – ou très rarement – il avait découvert qu'elle appréciait qu'il reprenne ses arguments et les retourne contre elle. Encore une autre qualité qu'il aimait chez elle.

Son visage s'éclaira, elle était prête à l'affronter.

– J'ai dit tout le monde devrait le lire, pas doit. C'est très différent.

– Si tu commences à jouer sur les conjugaisons, on ne peut pas discuter !

Elle le poussa légèrement du coude.

– Pas du tout. « Doit » signifie qu'on oblige quelqu'un à faire une chose, sans lui laisser de choix. « Devrait » signifie, au contraire, qu'on a le choix de faire ou de ne pas faire cette chose – bien que dans le cas présent, je te trouve vraiment idiot de ne pas le lire… D'ailleurs, c'est exactement l'objet de…

Le temps de le dire, elle avait changé de ton, passant de la demi-plaisanterie à la plus grande sincérité. Il essaya de l'arrêter, il ne voulait pas parler de ce livre, se souvenant des phrases odieuses que Richard avait citées.

« La terreur a pour objet la terreur. Le pouvoir a pour objet le pouvoir. Vous finirez par l'accepter, par lui ouvrir les bras, par vous y plonger. »

– Tu me traites d'idiot ? dit-il en souriant pour montrer qu'il ne parlait pas sérieusement.

C'était trop tard.

– Non.

Elle se serra près de lui.

– Le fait est que le héros de *1984* est un individu qui n'a pas le choix. Du moins, on pourrait le croire. Lui croit qu'il doit agir comme il le fait – c'est-à-dire mentir sur le passé, falsifier l'histoire, ne jamais dire ce qu'il sait de la vérité.

À nouveau, il entendit s'élever la voix de Richard.

« Des écrans de télévision partout. Sauf qu'ils sont interactifs. Partout, en toute circonstance, ils observent ce que tu fais, tous tes faits et gestes. »

– Et pourtant... poursuivit-elle avec passion, il fait un choix. Il choisit de désobéir au système. Il obéit à ce qu'il croit et il prend tous les risques. Alors il devient libre...

Elle feuilletait les pages dans sa tête, sans regarder ni Elliot ni rien d'autre, s'adressant autant à elle-même qu'à lui. « Un peu comme Richard », songea Elliot. Il devait dire quelque chose sinon ce serait une manière de la repousser, de tuer son enthousiasme, et il ne supportait pas cette idée. Il demanda, mal à l'aise :

– Et il s'en sort ?

– Non. (Elle fronça les sourcils avec tristesse.) Non. Mais ce n'est pas ça l'important.

Aux yeux d'Elliot, au contraire, c'était ça l'important. Si on n'a pas gagné, on a perdu. Il n'y a rien à ajouter.

Elle apporta la réponse à sa conclusion muette.

– À la fin, ils le torturent Mais avant qu'ils en arrivent là, il a réussi à devenir libre. C'est tout le sujet. Il ne pense pas comme eux l'y obligent ; il choisit volontairement de s'y soumettre. Ce n'est pas eux qui l'y forcent. Et lorsqu'ils finissent par gagner, qu'ils réussissent à le faire penser comme ils le veulent, ils ne gagnent pas véritablement. Car leur seule possibilité de gagner, c'est de l'anéantir.

Son esprit bouillonnait d'un tourbillon de doutes et de pensées contradictoires et il ne trouvait pas quoi répondre. Au fond, il aurait surtout voulu avancer la main, la toucher, faire courir ses doigts le long de ses joues rose pâle ou lui caresser les cheveux et les glisser derrière son oreille...

Elle agita la tête comme si elle sortait d'un rêve et consulta sa montre.

– Quelle pipelette ! Zut ! J'avais promis à ma mère de rentrer ! Tu aurais dû m'arrêter ! (Elle se leva, hésita avant de se rasseoir.) Au fait, je voulais te demander : ça te dirait d'aller au cinéma, vendredi ? Y a un film de science-fiction vraiment nul au Multiplex, mais sûrement assez kitsch pour être drôle.

C'était la première fois qu'elle lui proposait autre chose que leurs rituelles balades après les cours. Était-ce une façon de lui dire qu'elle voulait qu'ils deviennent un peu plus que bons amis ? Ou avait-elle juste envie de voir ce film ? La question de savoir s'ils étaient officiellement

« ensemble » ou pas ne s'était jamais posée, et il ne voulait pas être celui qui la soulèverait, au risque de tout gâcher. Or Louise faisait un pas en avant.

Elle se leva.

– C'était juste une idée. (Pour la première fois depuis qu'ils se connaissaient, elle semblait gênée.) Excuse-moi, je sais que tu es très occupé en ce moment, je n'aurais pas dû t'en parler.

Il était mortifié.

– Non, je t'en prie... (Il se leva d'un bond prêt à poser la main sur son bras, mais il se ravisa.) J'aimerais beaucoup venir. Vraiment. Sincèrement.

– Vraiment ? Sincèrement ?

Une onde de chaleur lui parcourut le corps et il en eut la bouche sèche. Elle jeta un œil à sa montre.

– Je dois y aller, poursuivit-elle. À demain.

* * *

À peine eut-elle disparu que la sensation de chaleur s'évanouit. Suivant les canards du regard, il essaya de mettre de l'ordre dans le trouble qui l'avait saisi.

La façon dont elle parlait de *1984* pouvait laisser penser qu'il s'agissait d'un autre roman que celui dont Richard parlait. Systématiquement, à chaque séance de formation, Richard en lisait un passage, mais les phrases qu'il citait, l'analyse qu'il en faisait ne parlait jamais de liberté, de choix, ou autres idées du même genre.

Richard avait sûrement raison. Il avait toujours raison, sur tout. D'un autre côté, Louise avait expliqué le texte avec une telle fougue qu'il se sentait obligé de la croire, elle aussi. D'autant plus qu'il avait envie de la croire parce qu'il l'aimait. Ce qu'elle avait dit était important, il le sentait et il fallait qu'il comprenne.

Sa tête était douloureuse. Ses pensées se bousculaient dans la plus grande confusion, et peut-être même la provoquaient. Il n'arrivait plus à réfléchir. Réfléchir devenait un casse-tête. Il n'avait personne vers qui se tourner, personne pour l'aider.

« Et alors, qu'est-ce que ça peut faire ? Ce que je pense, ce que je comprends, ça ne changera rien ! À quoi bon s'en faire ? »

***

Il arriva chez lui épuisé, prêt à mordre la première personne qu'il croiserait. Comme d'habitude, la télé était allumée. Il s'arrêta sur le seuil du salon, son regard se posa sur le crâne de son père.

« Si seulement tu pouvais être mort ! »

La pensée surgit comme un diable de sa boîte, avec la brutalité d'un coup-de-poing.

« Si tu étais mort, je ne te verrais plus, je ne penserais plus à toi. Je pourrais t'oublier. Je pourrais enfin vivre. »

La violence de sa haine le surprit. Il l'expulsait comme un venin, comme un crachat. Son père ne pouvait pas ne pas le sentir. Terrifié, il se précipita à l'étage.

Dans sa chambre, il était en sécurité. Il avait juste besoin d'un espace pour respirer librement, pour fuir.

« Au moins, ici, on ne m'empêche pas de réfléchir ! »

Allongé sur son lit, l'esprit en feu, il se débattait avec ses pensées, les yeux rivés au plafond.

« Peinture blanche. Pas de moisissures à observer. Nul. Impossible de fuir. »

Ses yeux le brûlaient. Il serra les paupières très fort, comme s'il voulait éteindre le monde.

Derrière la fine membrane frétillait un tourbillon de formes, d'étoiles, de virgules fluorescentes. Il suivit leur ballet, se concentra, se perdit en lui. Lentement, le chaos s'apaisa.

Et trop vite, ce fut l'heure du dîner. Comme d'habitude, autour de la table, l'ambiance était tendue. Sa mère semblait épuisée ; il se rappela que la nuit précédente, elle avait été de garde à la maison de retraite. Les nuits où tout était calme là-bas, elle réussissait à grappiller quelques heures de sommeil avant de se rendre à son travail du matin, sinon elle enchaînait d'une seule traite de la veille au soir au lendemain midi. Il aurait dû lui demander comment elle allait, mais il se sentait incapable de parler.

Ils mangèrent en silence. Peut-être s'étaient-ils encore disputés, son père et elle ?

« Je m'en fous. »

Plus tard dans la soirée, il descendit à la cuisine chercher une aspirine. Sa mère, assise à table, sirotait une tasse de thé.

– J'ai oublié de te prévenir, fit-elle. On m'a demandé de faire un remplacement mercredi prochain après-midi, il faudra que tu rentres avant cinq heures pour allumer le four.

Il fut pris de panique. Mercredi, c'était le jour des Gardiens.

– Et Papa ? Pourquoi il le fait pas ? Lui, il est là toute la sainte journée !

Elle répondit sèchement.

– Parce que je te le demande ! Je ne peux pas lui faire confiance pour ce genre de choses, tu le sais très bien. C'est tout de même pas la mer à boire. De toute façon, tu ne fais rien d'autre que traîner avec tes copains – c'est toi-même qui me l'as dit.

Depuis longtemps déjà, il se débrouillait pour qu'elle évite de lui poser des questions gênantes. Mais parce qu'il était malheureux, lourd de haine, il la repoussa.

– Qu'est-ce que tu sais de ma vie, toi ? J'ai peut-être des choses importantes à faire quand t'es pas là ? Qu'est-ce que t'en sais, d'abord !

À peine eut-il prononcé ces paroles qu'il les regretta. Mais c'était trop tard.

– Espèce d'ingrat ! (Elle était blanche comme un linge.) Après tous ces efforts, toutes ces épreuves que je t'ai aidé à traverser, c'est comme ça que tu me remercies !

Accablé, il essaya de réparer les dégâts.

– Ce n'est pas ce que je voulais dire...

– Bien sûr que si ! C'est exactement ce que tu voulais dire. Je ne suis pas dupe. Tu t'imagines peut-être que je n'ai pas remarqué les regards que tu me jettes quand tu crois que je ne regarde pas. Tu ne te donnes même plus la peine de me raconter ta journée ou de m'interroger sur la mienne. Je ne suis plus assez bien pour toi, c'est ça ? Je ne suis pas aveugle !

– Non, tu te trompes...

Elle posa sa tasse avec une telle violence que le corps et l'anse explosèrent et des éclats de faïence et du thé se répandirent sur la table.

– Je te défends, tu m'entends ! Je te défends de dire ça ! Comme si je ne le savais pas !

– Je ne voulais pas...

– Tu me prends pour une idiote ? J'ai tort

sur toute la ligne, c'est ça ? Je me suis toujours trompée, sur tout. J'ai épousé ton père, il finit estropié par des... salauds... des fumiers... j'aurais dû le prévoir, c'est ça ? Et bien sûr, j'ai été assez stupide pour imaginer qu'ici on pourrait repartir de zéro, tout recommencer et se construire une vie meilleure. Comment ai-je pu être aussi stupide ? Je suis vraiment nulle. Nulle ! Nulle ! Nulle !

La colère de sa mère le laissa anéanti. Comment aurait-il pu se douter de ce qu'elle ressentait ? Même s'il savait bien que ce déménagement représentait un nouveau départ pour toute la famille, comment soupçonner l'importance qu'il revêtait aussi pour elle.

« Comment aurais-je pu savoir ? Elle ne m'a jamais rien dit. »

Un silence pesant s'installa et il pensa qu'elle avait fini. Il n'osait ni bouger ni la regarder. Il fixait sur le plateau de la table les débris de faïence et les rigoles irrégulières de liquide brunâtre.

– Tu n'es pas le seul à avoir une vie, figure-toi. (Le ton était plus calme, mais tout aussi dur.) Je ne suis pas une machine à faire la vaisselle et la cuisine, absente le reste du temps. Moi aussi j'ai des espoirs, des rêves... Celui, par exemple, de nous construire, un jour, une vie meilleure. Et, plus insensé encore, de réussir, un jour, à recréer une vie comme celle que nous avions autrefois.

Elle se leva comme un ressort pour s'approcher de l'évier. D'un geste mécanique, elle se mit à retirer les assiettes empilées sur l'égouttoir. Du salon s'éleva le rire factice d'un public de télévision. Durant toute cette scène, son père ne s'était pas manifesté. Avait-il entendu ? Avait-il seulement conscience qu'un événement extérieur à son monde venait d'avoir lieu ?

Deux assiettes s'écrasèrent violemment par terre.

Sa mère se tenait dos à lui, la tête penchée sur l'évier.

– Va-t'en ! dit-elle d'un ton las. Fiche le camp ! Laisse-moi seule. Je t'ai assez vu pour ce soir.

Il remonta dans sa chambre, s'allongea sur son lit. Des bruits confus montaient du rez-de-chaussée. Il ferma les yeux, se concentra sur le néant. À force, il réussit à éliminer chaque bruit, chaque sensation, chaque émotion jusqu'à ne plus être rien d'autre qu'un espace froid et vide sans limites ni horizon.

* * *

Il se réveilla dans le noir absolu. Son radio-réveil indiquait 2 h 30. Il resserra la couette autour de lui. Maintenant qu'il était éveillé, il ressentit une forte envie d'aller aux toilettes. À regret, il sortit de son lit et tâtonna jusqu'à la porte.

Il s'immobilisa.

On pleurait. Presque sans bruit, des sanglots brefs, étouffés, avec la volonté de ne pas être entendus. Ce ne pouvait être qu'une seule personne.

Il repensa à sa colère, quelques heures plus tôt dans la soirée. Non. Décidément, il n'y avait rien à dire pour essayer de la réconforter. Elle refuserait de le voir.

Il lâcha la poignée de la porte et repartit à pas de loup vers son lit. Il tenta de se rendormir. La soirée défilait devant ses yeux comme un clip mal monté. La tasse explosant au ralenti, le thé brun et les éclats de faïence bleue giclant à travers la table, l'anse, intacte, toujours dans la main de sa mère. Où était son père ? Le sommet de son crâne, ses cheveux noirs, gras, dépassaient du dossier du fauteuil.

Une douloureuse envie de pleurer lui serra la gorge. À la place, il enfila son casque et poussa le volume à fond.

CHAPITRE 15

À chacune des questions laconiques de Richard, Elliot s'écouta distiller les réponses. Un peu comme s'il écoutait une autre personne.

– Le nom de l'exécuteur ?

– Sean Ashmore.

– La sanction ?

– Bagarre.

– Le sanctionné ?

– Simon Kilworth. Élève de quatrième.

Simon Kilworth était un petit gros, qu'on ne croisait jamais sans un grand mouchoir blanc dont il était constamment en train de se servir. Il avait de très bonnes notes et était dispensé de sport. Un genre que la plupart des élèves – y compris, sans doute, Simon lui-même – n'aimaient pas.

« Bagarre » signifiait précisément ce que le mot évoquait : un bon vieil échange de coups entre deux adversaires. Sans chemise pour éviter de les déchirer ou de les tacher – preuves trop compromettantes vis-à-vis des parents. Aux poings seulement, aucun coup au-dessus des épaules – œil poché, ecchymoses, lèvres fendues étaient strictement interdits pour les mêmes raisons. C'était sans doute la moins humiliante de toutes les sanctions – ce qui avait poussé Elliot à la choisir. Si Simon avait deux sous de jugeote, il se laisserait battre rapidement, ainsi tout serait fini en deux temps trois mouvements.

Richard rangea son stylo dans la poche de sa veste et referma le petit cahier relié en cuir où il consignait les activités des Gardiens.

– Bon travail ! Il ne te reste plus qu'à informer Olivier afin qu'il inscrive le nom sur le tableau de service. Ensuite, quand tout sera accompli, tu seras l'un des nôtres.

Elliot ne ressentit rien. D'ailleurs, rares étaient les occasions où il ressentait encore quelque chose. Le lendemain de l'incident de la cuisine, avant l'école, il était allé à la piscine chercher asile. Au bout de quatre longueurs, il était ressorti. Même dans l'eau, son esprit refusait de retrouver sa sérénité. Il n'avait éprouvé qu'une gaucherie des membres et la désagréable sensation que l'eau s'infiltrait dans ses oreilles. Nager n'avait plus d'utilité. C'était devenu un jeu mécanique du corps, rien de plus. Ce n'était plus un refuge.

Il n'y avait plus d'échappatoire.

Sauf auprès de Louise.

Quand il était avec elle ou qu'il pensait à elle, il réussissait encore à s'évader. Elle était l'unique source capable de susciter en lui une réponse, une émotion. L'unique espace à demeurer intact, sans fêlure. La voir ce soir serait son premier moment de vie depuis trois jours.

À la fin de la réunion, Gareth et Cameron étaient repartis. Elliot s'apprêtait à les suivre, quand Richard se planta devant lui. Il posa une main sur l'épaule d'Elliot, souriant de ce rictus qui mettait Elliot si mal à l'aise.

– Au fait, bonne soirée, mon garçon. Promets-moi de ne pas te montrer trop ambitieux, d'accord ?

– De quoi tu parles ?

Richard lui adressa un clin d'œil.

– Si j'ai bien suivi, tu as rendez-vous avec une amie, ce soir. Une soirée romantique, rien que vous deux. Charmant. Je ne savais pas que tu avais autant de succès auprès du beau sexe.

– Qui t'en a parlé ?

Découvrir que ce n'était plus un secret le consternait – même s'il n'en était pas surpris. Les Guetteurs étaient partout. Mais il aurait voulu tenir Louise à l'écart des autres facettes de sa vie. Pour une raison sourde, cela le rendait nerveux, même si sortir avec une fille n'était pas du ressort des Gardiens.

Richard fronça les sourcils.

– Ne monte pas sur tes grands chevaux. Les nouvelles vont vite dans cette ville – comme si tu ne le savais pas.

– Ouais. Exact. (Elliot se ressaisit.) On est juste copains, c'est tout. Rien d'ambitieux comme tu dis – si c'est ce qu'Olivier t'a raconté.

– Oh, t'énerve pas ! (Richard leva les mains, en guise de capitulation.) Olivier n'oserait jamais suggérer une chose pareille. Quant à moi, je suis persuadé qu'avec une réputation à protéger, tu as déjà réfléchi à une stratégie. Je pensais seulement que l'avis d'un expert pouvait t'intéresser... Tu me suis ?

Elliot restait sur ses gardes ; la vérité c'est qu'il n'avait aucune stratégie. D'autant moins qu'il n'avait aucune idée de ce qu'il devait espérer de cette soirée. Les cours d'éducation sexuelle n'abordaient que l'aspect technique, ils n'expliquaient jamais rien sur l'aspect humain des rapports avec une personne en chair et en os.

– Un avis d'expert ? À propos de quoi ?

Richard prit Elliot par les épaules.

– Elliot, Elliot... Il faut que tu apprennes à être moins sur la défensive. Il y a certaines choses à savoir si tu veux rendre une fille heureuse... Tu vois de quoi je parle. Tu n'aimerais pas que ce soit elle qui te largue, n'est-ce pas ? Non, bien sûr. Alors, écoute-moi...

* * *

Le film n'était pas aussi mauvais que prévu – même si, Louise le souligna à la fin, les mutants réalisés par images de synthèse méritaient davantage un Oscar que les acteurs. S'il ne l'avait pas vu avec elle, Elliot aurait détesté le film.

Sortir avec une fille était une expérience nouvelle. Il ne savait pas exactement quel comportement adopter. Qui devait payer les places ? Le but du jeu était-il uniquement de regarder le film assis côte à côte ? Louise finit par accepter qu'il lui offre une glace ; un peu plus tard, durant la projection, sa main trouva son chemin vers celle d'Elliot et y demeura jusqu'à la fin. Il n'avait pas bougé d'un cil, inquiet de lui envoyer le mauvais signal.

À la sortie du cinéma, elle laissa sa main dans la sienne. Il faisait encore jour, la lune était déjà levée mais n'offrait qu'un pâle croissant jaune. Par crainte que la soirée ne se termine là, il proposa :

– Je te raccompagne chez toi... enfin, si tu veux bien.

Elle serra sa main.

– Je veux bien.

Ils marchèrent lentement, pourtant le temps écoulé leur sembla très court quand ils atteignirent le début de sa rue. Aucun des deux n'avait prononcé un mot depuis le cinéma. La panique s'empara d'Elliot. Qu'attendait-elle de lui ? Que devait-il dire au moment de se séparer ? « Bonne nuit » ? Non, trop protocolaire. « Merci » ? Non, trop bref.

À quelques maisons de chez elle, Louise s'arrêta face à lui. Elle se rapprocha jusqu'à le toucher, presque.

L'air était chaud, immobile. La rue, déserte.

Elle prit l'autre main d'Elliot dans la sienne. L'estomac du jeune homme se noua violemment. Un frisson chaud le parcourut des pieds à la tête.

Elle murmura :

– Échangerais volontiers tendre baiser du soir... Et toi ?

La musique de sa voix, la question, la proximité de son corps lui firent perdre ses moyens. Il était incapable de faire un geste. Il ne pesait plus rien – aussi léger qu'un nuage de pollen, ses molécules à peine liées les unes aux autres, en suspension dans l'air, palpitant doucement.

Elle lâcha ses mains et le prit dans ses bras. Elle l'enlaça, ses mains le retenaient contre les courbes chaudes et douces de son corps, le visage d'Elliot dans le cou de Louise. Il la respirait, la goûtait, s'enivrait du parfum inconnu et subtile de sa peau, de ses cheveux, de tout son être.

Elle resserra son étreinte et ses doigts lui caressèrent doucement la nuque. Elliot laissa échapper un râle rauque tandis qu'un doux frisson électrisait son corps.

Ses défenses étaient anéanties. Son besoin d'être consolé était si écrasant qu'il était prêt à tout lui avouer, à se remettre entre ses mains. Il était prêt à croire qu'elle comprendrait, qu'elle lui promettrait que tout s'arrangerait et qu'il pourrait pleurer sur son épaule comme un enfant.

Louise resserra son étreinte en murmurant :

– Je t'aime beaucoup.

Ce fut comme un déclic. Dans un effort surhumain, il rejeta toutes ces pensées, ébranlé à l'idée qu'il avait failli tout gâcher. Les conseils de Richard lui revinrent en mémoire.

« Si elle te dit un truc comme "je t'aime" ou "je t'aime bien", c'est le signal : elle te demande de passer à l'étape suivante. Tiens-toi prêt. Dès qu'elle prononce ces mots, tu te lances. »

Richard lui avait ensuite expliqué point par point ce que signifiait l'« étape suivante ».

À cette minute, l'idée de faire l'amour ne l'aurait même pas effleuré. Son seul désir c'était de rester dans la même position pour les cent années à venir, tous les deux enlacés, sans bouger. Ce n'était même pas la peine d'y penser. Grâce à Richard, il avait compris qu'à cause de sa naïveté et de sa timidité, il avait freiné leur relation. Louise, elle, ne voulait pas la freiner – elle venait de le lui prouver. S'il ne répondait pas à son appel, la nouvelle se répandrait au lycée dès le lendemain matin, aussi vite que les poux dans une école primaire : « Sutton est nul. Je suis sortie avec lui hier soir, tout ce qu'il voulait, c'était me tenir la main... Je suis sûre qu'il ne sait même pas comment s'y prendre... »

La mort dans l'âme, il détacha sa main de la courbe du dos de Louise et la descendit là où Richard le lui avait conseillé.

Louise s'arracha d'un bond. Le menton d'Elliot heurta si violemment l'épaule de la jeune fille qu'il s'en mordit les lèvres.

Elle le dévisagea fixement.

– Qu'est-ce que tu fais ?

– C'est ce que tu attends, non ? fit-il vexé.

– Jamais de la vie ! (Elle recula encore d'un pas, sous le halo de lumière du lampadaire le plus proche.) D'où sors-tu une idée pareille ?

Il sentit le goût du sang dans sa bouche et s'essuya d'un revers de main. L'attitude de Louise le déroutait.

– Mais... c'est toi qui viens de demander...

L'ombre d'un doute s'infiltra dans son esprit. Il repartit à l'assaut, mais les mots sonnaient faux, comme s'il n'y croyait plus lui-même.

– Je pensais que tu attendais que je...

Il baissa les yeux sur la tache brunâtre au dos de sa main. Un nuage de doutes embrouillait ses pensées. Il n'avait pas dû être assez attentif aux explications de Richard. Il était impossible que Richard se trompe. Il était si sûr de lui, si précis.

C'était forcément sa faute à lui, Elliot. Il aurait dû se concentrer. Maintenant, il avait tout détruit, il venait de prouver qu'il n'était qu'un amateur minable. D'ici lundi midi, tout le monde à Holminster serait au courant. Il était fichu.

Déjà Louise devait chercher qui elle appellerait en arrivant chez elle. Inutile de lui fournir d'autres armes contre lui-même en la suppliant de garder le secret.

– Je ferais mieux de partir, gémit-il.

Le regard obstinément fixé sur le trottoir, elle hocha légèrement la tête.

– Tout ce que je voulais... dit-elle d'une voix douce. Oh, et puis à quoi bon. Tu as tout gâché. Au fond, tu es comme tous les autres garçons.

– Je suis désolé, avança-t-il inutilement.

– Ça, je m'en doute ! Désolé d'avoir raté l'occasion de me peloter. Pour compenser, je suppose que tu vas raconter à tous tes copains que je suis lesbienne ou frigide ou je ne sais quoi d'aussi flatteur.

Il mit quelques minutes à saisir le sens de ses paroles.

« Elle pense que c'est moi qui vais sortir gagnant de cet épisode... »

Cette prise de conscience l'ébranla. Et parallèlement, se profila l'espoir fragile qu'il avait peut-être une chance de sortir indemne de cette situation. Il avança avec prudence :

– Je ne dirai rien. C'est-à-dire, je ne dirai rien si tu ne dis rien.

Elle le toisa avec mépris.

– Pourquoi irais-je clamer à la face du monde que j'ai été assez idiote pour croire qu'un certain garçon n'a pas que cette seule idée en tête ?

Nouveau choc.

« Espèce d'imbécile ! Elle n'attendait pas du tout ce genre de comportement ! »

Et brusquement, à sa grande horreur, toutes ses tentatives pour maintenir l'édifice en équilibre, son soi-disant calme, sa prétendue capacité à comprendre et à maîtriser une situation s'effondraient comme un château de cartes.

Il balbutia :

– Je croyais que j'étais censé agir ainsi. Je croyais que c'était ce que tu attendais de moi... Il m'avait dit que je devais...

La colère de Louise retomba légèrement.

– De quoi est-ce que tu parles ? Qui t'a raconté que... ?

Devant le mutisme d'Elliot, elle enchaîna, mais sans colère :

– Tu veux me faire croire que tout ça est arrivé parce que tu as décidé de suivre les conseils d'un Don Juan boutonneux ? Un minable qui n'a sans doute jamais approché une fille de sa vie ? Des tuyaux salaces échangés derrière le hangar à vélos ? Je croyais que tu étais différent, Elliot. C'est pour ça que j'avais envie de sortir avec toi.

S'apitoyer sur son sort lui fit monter les larmes aux yeux, menaçant d'anéantir les derniers vestiges de son sang-froid.

– Je suis désolé, répéta-t-il, conscient de la pauvreté de l'excuse.

Mais que dire d'autre ? À présent, tout ce

qu'il voulait c'était fuir avant de s'effondrer en sanglots devant elle.

Comme si elle percevait son état d'esprit, elle dit d'une voix tendue :

– Il faut que je rentre.

Tournant les talons, elle fila à pas pressés le long du trottoir ; le bruit de ses pas tranchait sur le silence de la nuit.

Il n'attendit pas qu'elle arrive devant sa porte pour s'éloigner dans la direction opposée.

– Elliot ?

Il s'immobilisa au milieu de la rue et tourna la tête.

Louise avait poussé la grille du jardin. L'ombre de la haie masquait en partie sa silhouette.

– N'oublie pas que tu as promis de ne rien dire...

Le ton de sa voix était plein d'espoir, pas de menace.

Il répondit, avec fougue, trop fort.

– Oui. Non. Je te promets. Enfin, je veux dire, je ne dirai rien.

« Tu es pitoyable. »

Elle ne bougeait pas. Elle espérait qu'il allait ajouter autre chose – c'était forcément pour ça qu'elle ne bougeait pas. Et lui, il aurait bien voulu, mais ses lèvres ne parvenaient pas à formuler les mots.

Alors, comme il se détournait pour repartir, il entendit distinctement : « Bonne nuit. »

Il fit volte-face, mais elle avait disparu.

Malgré tout, il cria :

– Bonne nuit !

***

Le temps d'arriver chez lui, l'air de la nuit lui avait éclairci les idées. Il s'allongea sur son lit, la lumière éteinte, les yeux fixés sur l'obscurité.

Il avait laissé l'ancien Elliot s'imposer. Il avait failli tout détruire. Il ne devait en aucun cas permettre qu'un tel dérapage se reproduise. Il devait anéantir l'ancien Elliot, une bonne fois pour toutes.

« Tu ne réussiras jamais à me détruire. C'est impossible. Je fais partie de toi. Je suis toi. »

Il trouverait un moyen. Il n'avait pas fait tout ce parcours pour le laisser ressurgir et tout gâcher.

« Gâcher quoi ? Tu trouves sincèrement que tu t'en sors si bien sans moi ? Si tu m'avais laissé agir ce soir, rien de tout ça ne serait arrivé. »

Si elle avait dit : « bonne nuit », c'est que, dans le fond, elle n'était pas si fâchée...

« Estime-toi heureux qu'elle n'ait pas ameuté tout le quartier. »

Peu importe, elle ne l'avait pas fait.

« Non, mais écoute-toi un peu ! Tu ne crois pas un mot de ce que tu dis. »

Je ne t'écoute plus.

***

Il flottait dans une sorte d'inconscience cauchemardesque, des images allaient et venaient dans sa mémoire : Louise s'arrachant à lui, le visage défiguré par le choc et la peur. Ou était-ce seulement le choc ? Avait-il imaginé la peur ? Richard, le regard concupiscent, les sourcils tordus en d'incroyables formes animales, obscènes, susurrant : « Tu dois t'y prendre ainsi... » (Richard ne pouvait pas avoir tort. C'était sa faute à lui, Elliot ; il n'avait pas écouté.) Mme Davidson hurlant : « Cherchez-vous à communiquer quelque chose ? » Comment pouvait-elle imaginer un instant qu'il allait lui dire la vérité ? Ben, les bras bloqués par Kevin Cunningham, le visage déformé, hurlant à Elliot : « Je t'aurai ! Tu aurais pu me sauver. Tu souhaiteras ne jamais m'avoir rencontré... »

Épuisé, il finit par s'endormir.

CHAPITRE 16

Il se rongea les sangs tout le week-end sans parvenir à savoir s'il devait ou non téléphoner à Louise. Plusieurs fois, il composa son numéro, mais, pris de panique, raccrocha avant la sonnerie. En fin de compte, il décida qu'il valait mieux lui laisser le temps de se calmer. Sans trop attendre toutefois, plus il attendrait, plus il deviendrait difficile de lui parler.

Il la retrouva à la récréation lundi matin, au moment où elle entrait dans le pavillon de la bibliothèque et des salles d'informatique. En le voyant, elle hésita avant de lâcher la poignée de la porte et de lui faire face.

– Salut ! fit-il avec circonspection, inquiet de sa réaction.

– Salut ! répondit-elle d'une petite voix, croisant les bras autour de son classeur.

Elle battit des paupières. Son regard balaya rapidement Elliot, puis le sol, puis chaque côté du couloir, avant de revenir à lui et de se poser sur le classeur qu'elle tenait dans les bras.

Elliot scruta les parages, espérant que personne ne les observait, il ne voulait surtout pas qu'on vienne les interrompre. Il se mit à parler d'une voix tendue.

– À propos de vendredi soir. Je... je ne sais vraiment pas ce qui m'a pris. J'étais... Bref, je voudrais que tu saches que... je suis sincèrement désolé et... je ne t'en voudrais pas une seconde si tu me dis de dégager, mais... j'aimerais que...

Il n'y arrivait pas, c'était trop difficile. En vrac, il aurait voulu lui dire : « Est-ce que tu veux bien continuer à me voir ? Continuer à me parler, à me rendre heureux, à m'épater, à m'envoyer des tonnes d'images dans la tête ? Est-ce que tu as encore envie que je t'écoute, que je te parle, que je te pose plein de questions, que je fasse l'idiot, que je t'amuse, que je t'ennuie ? Est-ce que tu veux bien que je représente encore quelque chose pour toi ? Est-ce que tu crois que tu pourras encore me toucher comme vendredi soir, tes doigts sur ma nuque, ton corps si proche du mien au point qu'on n'était plus deux mais une seule et unique personne ? »

Il ne savait pas comment mettre tout ça en mots pour les dire à Louise. Attendait-elle des excuses – qu'il mette un genou en terre et la supplie de lui pardonner ? Cela n'avait jamais été son genre, mais la situation était entièrement nouvelle et les règles en étaient peut-être modifiées.

À moins qu'elle n'attende qu'il fasse comme si de rien n'était ; comme si rien ne s'était passé ; en tout cas, rien de très significatif ; rien qui vaille plus qu'un éclat de rire à ranger au magasin des expériences. Rien n'était arrivé qu'on ne puisse traiter par le mépris ou pardonner ou même oublier.

Il la dévisagea, cherchant sur son visage le moindre indice susceptible de lui révéler ce qu'elle pensait et ce qu'elle s'apprêtait à lui dire.

Au bout d'un silence qui parut une éternité, elle finit par parler, les yeux toujours baissés sur son classeur.

– Moi aussi, je suis désolée. Je n'aurais pas dû te parler comme je l'ai fait vendredi. J'aurais dû trouver d'autres mots...

La dernière phrase reflétait l'image fugitive de la Louise qu'il connaissait, la Louise pleine d'entrain, de fougue, d'assurance. Son estomac se noua légèrement.

Elle posa enfin les yeux sur lui et il comprit que ce n'était toujours pas cette Louise-là qu'il affrontait. C'étaient bien ses yeux, ses cheveux, sa bouche – tous les traits physiques qu'il connaissait et qu'il aimait – mais ce quelque chose qui la rendait exceptionnelle, à ses yeux, n'était pas là.

Elle soupira.

– J'ai beaucoup réfléchi à ce que je voulais te dire, mais je ne sais pas si je vais m'en sortir, alors écoute-moi bien, d'accord ?

Elle semblait réciter un texte appris par cœur.

– Tu es un garçon et je sais que les garçons sont rarement du genre à prolonger les préliminaires – même si je suis plutôt naïve en la matière. Je me doutais bien que tu avais d'autres envies que bavarder jusqu'à la nuit des temps. Mais tu... (Était-ce son imagination, ou avait-elle légèrement frissonné ?) tu me semblais d'un naturel doux, tendre ; tu étais presque... (Elle émit un rire brisé, presque gêné.) Tu me donnais l'impression d'être... candide... C'est délicat à expliquer... En clair, tu ne passais pas ton temps à avoir les mains qui traînent, à me dévorer des yeux ou à m'offrir des cadeaux. Puis, soudain, l'autre soir, on s'est trouvés si proches, je ne savais pas ce que tu pensais, si tu te sentais le droit de m'embrasser, alors je me suis dit que si tu ne le faisais pas, je prendrais l'initiative, j'avais... très envie que tu m'embrasses et...

Elle se cramponnait à son classeur comme à une planche de salut.

– ... Et c'était seulement pour ce baiser que j'étais prête. C'était tout ce que j'attendais de ta part. Alors, lorsque tu... que tu as eu ce geste... j'ai brusquement eu l'impression qu'une autre personne se tenait en face de moi... comme si... c'est difficile à expliquer clairement, mais... j'ai paniqué... Complètement paniqué. Je ne savais plus à quoi m'attendre. Je ne comprenais pas ce que tu avais en tête... Comme si j'étais avec le docteur Jekyll et qu'il se métamorphosait sous mes yeux en mister Hyde.

Jamais il ne l'avait vue aussi déstabilisée. Il était habitué à ses certitudes, à ses accès de colère, de tristesse, de joie, de mélancolie, à ses émotions nettes et précises. Mais pas à cette incertitude, à ce côté perdu.

« Perdu comme moi. »

Il dit d'un air pitoyable :

– Je n'aurais rien fait... Jamais... Pas comme ça... Tu me crois ?

Elle secoua la tête.

– Peut-être. Sans doute. Mais comment

savoir ? Je le sais maintenant parce que tu me le dis... mais plus tard, si je repense à cet instant, je... (Elle hésita.) J'ai été stupide, naïve... Tu penses sûrement que je me suis conduite comme une allumeuse. C'est bien ça ? Tu penses que tout est ma faute ?

Il n'en croyait pas ses oreilles.

– Je n'ai jamais dit que c'était ta faute. Je suis désolé, point. C'est sincère. Je ne cherche pas à t'accuser de quoi que ce soit.

Le ton geignard de sa propre voix lui donnait envie de rentrer sous terre.

De nouveau, elle hocha la tête.

– Ce n'est pas exactement ce que je veux dire, non plus. Je ne t'accuse pas non plus... (Elle prit une profonde respiration.) Le problème c'est... Holminster. Ici, tout est tellement... pervers, tellement violent. Je déteste cet endroit. Ces imbéciles de Gardiens... tous ces garçons qui attendent l'affichage de ces ignobles carrés de papier jaune. Sans compter les filles, qui ne valent pas mieux, avec leurs langues de vipère et leur jalousie. Tous des minables. Ils se valent tous... Sauf pour les matheux. Eux, de toute façon, ils ne servent à rien... On ne peut pas discuter avec eux, à moins de leur parler de modems, ou de leur demander pourquoi la théorie de la relativité est fausse, ou pourquoi on devrait tous émigrer sur la Lune...

Il adorait quand elle se lançait dans ce genre de discours. Il voulait qu'elle continue, qu'elle redevienne la Louise de toujours. Hélas, à peine lancée, elle s'interrompit.

– Je voulais que tu sois différent, dit-elle. Je voulais que tu ne ressembles à personne d'autre. Je croyais que c'était le cas. Et voilà que... Maintenant, je ne sais plus qui tu es ni ce que tu es.

Elle s'arrêta, comme si le texte du scénario tournait court.

« Je suis celui qu'il te plaira. C'est à toi de décider. Choisis le masque que tu veux me voir porter et je le porterai. »

Elle restait plantée devant lui, bouleversée. Comme ce fameux soir, il aurait voulu tout lui expliquer, lui avouer la vérité. Mais, aujourd'hui, il savait plus sûrement encore que c'était impossible.

Lorsqu'elle avait cité les Gardiens – un bref instant –, il avait ressenti une lueur d'espoir. Elle connaissait l'existence des Gardiens comme toutes les filles du lycée, sans doute, mais elle n'avait aucune notion de ce qu'ils représentaient. En les traitant d'imbéciles et en comparant les sanctions à des bagarres de fillettes, elle lui en avait donné la preuve. Donc, si elle découvrait ses liens avec eux, ce ne serait pas si grave. Elle serait déçue, mais elle ne le rejetterait pas forcément.

Ce fragile espoir s'effondra aussitôt. Si elle ne connaissait pas la véritable nature des Gardiens, comment pourrait-il lui parler de la peur rampante qui somnolait au fond de lui, toujours prête à se réveiller et à l'engloutir. Comment pourrait-il lui expliquer le choix auquel il était confronté : être une victime ou un Gardien – et même si l'idée d'être un Gardien lui faisait horreur, il ne supportait pas davantage celle d'être une victime. S'il lui révélait la vérité sur les Gardiens serait-elle capable de la comprendre ? Elle risquait, au contraire, de le haïr, et alors, il serait certain de la perdre.

Il ne pourrait jamais lui raconter que des mensonges. Il ne pourrait jamais être pour elle qu'une pure invention, une fiction, un masque de plus.

Elle dit sans le regarder :

– J'ai besoin d'un peu de temps pour réfléchir, c'est tout.

– Oui, bien sûr. À toi de juger.

Elle ajouta :

– Ça ne veut pas dire que je ne veux plus te voir. Enfin... si, un certain temps, tu comprends ?

Il s'entendit répondre :

– Je comprends. À toi de juger.

Ce fut comme si un fossé se creusait entre eux, les isolant, les écartant l'un de l'autre jusqu'à ce qu'ils ne puissent plus ni se voir ni s'entendre correctement. Il ne pouvait que rester planté devant elle à lui débiter d'inutiles fadaises ; elle ne pouvait que l'entendre sans l'écouter.

Ils n'étaient plus que deux individus face à face en train de discuter.

Il fut à peine surpris du peu d'émotion qu'il en ressentit. La froideur et la dureté qui grandissaient en lui depuis un certain temps s'étaient à présent développées au point de le rendre quasiment insensible à la douleur, imperméable aux sentiments et à la compassion.

Il l'écouta. Il s'entendit lui répondre encore quelques minutes.

Puis, il la regarda s'éloigner.

Il attendit, il voulait voir – même s'il en était sûr, l'ombre d'un doute planait – si elle se retournerait.

À la porte du pavillon des salles de sciences, elle s'arrêta un instant.

Le cœur d'Elliot ne réagit pas.

Elle ouvrit la porte et pénétra dans le bâtiment, laissant la porte se refermer derrière elle.

Un long moment s'écoula avant qu'il ne se décide à partir.

***

Il était englué dans un rêve, prisonnier d'un vieux souvenir. Il était conscient qu'il s'agissait d'un rêve et il voulait fuir, peu importe où, mais fuir, il luttait pour se réveiller, sans y parvenir.

***

De retour dans son ancien lycée. Le dernier jour. Le pire.

La sonnerie s'est tue. Il s'apprête à franchir la grille.

Face à lui. Kevin Cunningham. John Sanders. Steven Watson. Tous les trois. Redoutables.

Ils l'ont cloué au mur. Kevin s'approche. Son haleine lui brûle le visage.

– Salut, Elliot. Tu croyais peut-être qu'on t'avait oublié ?

Elliot ne répond pas. Répondre ne ferait qu'envenimer les choses.

– Réponds quand on te parle !

– Non.

– Non, quoi ?

– Non, je ne vous avais pas oubliés.

– T'es qu'un minable, Sutton, tu sais ça ?

Kevin sourit.

D'une main, il déchire la poche poitrine de la veste d'Elliot, laquelle retombe piteusement comme une langue de pendu.

Pareil avec les autres poches.

D'abord, Elliot ne ressent rien. Brusquement, quelque chose bascule en lui. Une sensation nouvelle d'une force inouïe, qu'il n'a jamais éprouvée jusque-là, s'empare de lui, une fureur dévorante le saisit, incontrôlable, une sorte de raz de marée, d'incendie dévastateur.

Il s'arrache à la poigne des deux autres, bondit sur Kevin, le roue de coups. Une grêle de coups de poing, de coups de pied que rien ne pourrait arrêter.

– Je vais te tuer ! Je vais te tuer !

Sanders et Watson se précipitent pour les séparer. Son crâne heurte si violemment les briques qu'il a envie de vomir.

– Tu vas le regretter, Sutton.

La rage d'Elliot retombe. Une merveilleuse béatitude l'inonde. Bientôt, il sera mort. Ils ne peuvent plus lui faire mal...

– Vous ne pouvez pas me tuer. Je suis déjà mort.

Le premier coup-de-poing l'atteint juste au-dessus du cœur. Il ne ressent rien.

« Vous ne pouvez pas me faire mal. Je suis déjà mort... »

Puis, un second coup le percute sur le côté du crâne. Puis, un troisième, exactement à l'emplacement du premier.

Alors, il a mal.

« Vous ne pouvez pas me faire mal. Je suis déjà mort. »

Pourtant la douleur s'accentue... Lentement, sa morsure répand ses brûlures.

Enfin, un dernier coup d'une violence inouïe lui dévore le crâne et il se sent sombrer, loin, très loin... Alors, par bonheur, il meurt.

***

Il aurait bien voulu se réveiller, mais il restait englué dans son souvenir.

Quelqu'un lui avait dit, un jour, qu'on ne sent pas la douleur dans les rêves. Ce quelqu'un se trompait.

Il ignorait combien de temps il était demeuré mort ni comment il s'était retrouvé ici, sur ce sol dallé, glacé contre sa joue. Sa langue caressait ses lèvres boursouflées et sondait le trou qu'une dent avait libéré. Il ne voulait surtout pas bouger. À cet instant, son corps n'était plus qu'un amas de chairs ankylosées et tout irait bien tant qu'il resterait immobile. Il ouvrit les yeux avec une extrême prudence. Quelque part dans son champ de vision, passant du net au flou, s'étirait une canalisation en cuivre. Il était dans les douches.

Il contempla la flaque d'eau rougie qui

s'écoulait sur le carrelage jusqu'au tuyau de vidange.

« On dirait du sirop pour la toux... »

Il imagina Kevin en train de déverser lentement dans l'eau le contenu d'un flacon de sirop pour la toux. Un irrésistible fou rire le souleva, l'obligeant à bouger pour reprendre son souffle ; dans le mouvement, quelque chose se débloqua dans sa poitrine.

Peu à peu, la douleur diminua, avec mille précautions il se déplaça lentement. Respirant par courtes bouffées et en évitant de se plier en deux, il réussit à se mettre à genoux.

Ses vêtements étaient sous une douche. Il prit conscience que le bourdonnement dans ses oreilles ne venait pas du sang qui battait, mais du bruit de l'eau. Il rampa jusqu'à ses vêtements. Retrouver, avant tout, une certaine décence, même si cet effort devait le tuer.

Le choc de cette révélation le heurta de plein fouet, comme une nouvelle déflagration : « Mais alors, je ne suis pas mort... »

***

Son tee-shirt et son caleçon étaient trempés de sueur. La couette traînait par terre. Le radio-réveil indiquait 4 h 38.

Il était allongé, immobile.

C'était quoi déjà, ce que Louise lui avait dit à propos de *1984*... « Pour l'obliger à penser comme ils le veulent... ils sont obligés de l'anéantir... »

Sur le moment, il avait trouvé que la phrase n'avait aucun sens, à présent, il commençait à comprendre.

« J'ai survécu à la mort. Parce que dans ma tête, j'étais déjà mort. Or, si on est mort, on ne sent rien. Donc, si ça se trouve... je n'étais pas mort... Donc, maintenant... Je suis VIVANT ! »

CHAPITRE 17

Le carré de papier jaune était coincé entre une annonce du club d'échecs pour recruter de nouveaux membres et une autre pour la compétition de natation à la fin du trimestre. Le papier lui parut beaucoup plus grand que les précédents : ostentatoire et accusateur. Chaque fois qu'il passait devant, toute une foule était agglutinée autour.

La sanction était prévue pour le lendemain. Officiellement, Olivier serait celui qui surveillerait le bon déroulement des opérations, il ferait ensuite son rapport auprès des Gardiens. Les Gardiens eux-mêmes ne se montraient jamais dans les parages quand une action violente avait lieu. Elliot aurait dû en tirer satisfaction. C'était tout de même plus facile de prendre une décision quand on n'était pas obligé d'être témoin de ses conséquences sur les autres.

Il traversa cette journée sans beaucoup d'efforts ; les gens, le temps, l'espace glissaient autour de lui sans qu'il en ait conscience. Un détail auquel jusqu'à présent il n'avait jamais pris garde lui sauta aux yeux : le monde n'avait pas de couleurs. Il avait toujours cru – parce qu'a priori, c'était une évidence – que la réalité était composée de rouges, de jaunes, et de bleus – et de tout un arc-en-ciel de teintes différentes. Mais à la vérité, si on concentrait son regard sur cette réalité, ellc offrait plus de nuances de gris que n'importe quelle autre couleur. Les visages, les gens, les murs, les arbres, le ciel – tout était composé d'une palette de gris d'une immense richesse.

Le résultat n'était ni triste ni déplaisant, il était, c'est tout. Ce n'était pas plus grave que ça. Simplement, du même coup, il devenait plus difficile de délimiter les choses. Les différentes nuances de gris se diluaient les unes dans les autres, estompant les frontières, empêchant de voir avec précision où une chose finissait et où une autre commençait. S'il n'y prenait pas garde, le danger existait d'oublier d'établir la distinction entre son propre gris et les autres.

Quelle serait la conséquence d'un tel oubli ? Peut-être que lui aussi se diluerait – peut-être que ses pixels gris se mélangeraient à d'autres pixels gris jusqu'à ce qu'il n'y ait plus aucune différence entre les gris. Il n'y aurait plus le monde d'un côté et lui d'un autre, mais un seul monde, unique et gris.

Au fond, il fallait voir. Ça ne serait peut-être pas si désagréable – à condition qu'il réussisse à s'intéresser suffisamment à quelque chose.

***

À la maison, ce fut spaghettis bolognaise au menu du soir. Avant, c'était son plat favori, maintenant ça n'était plus qu'une substance à mâcher, à avaler et à digérer. Encore une nuance de gris. Ils mangeaient sans échanger un mot. C'était devenu l'habitude depuis le fameux soir.

La dernière bouchée avalée, sa mère se leva, attrapa son manteau au crochet de la porte.

– Je suis en retard. J'ai accepté une garde supplémentaire ce soir. Si ce n'est pas trop te demander – ses mots étaient acides –, aurais-tu l'amabilité de faire la vaisselle ?

Après le départ de sa mère, son père se leva. On aurait dit un vieillard. Sans un regard pour son fils, il gagna le salon. Quelques secondes plus tard, Elliot entendit grincer son fauteuil, puis le rire artificiel d'un public de télévision.

Il prit son temps pour faire la vaisselle, rinçant plats et assiettes avec soin, remplissant l'évier avec de l'eau très chaude, ajoutant trop de produit.

Il récura les plats avant de s'attaquer aux spaghettis collés au fond de la casserole.

L'eau était bouillante. Plongeant les mains dedans jusqu'aux poignets, il ralentissait ses gestes avec plaisir, se concentrant sur la chaleur jusqu'à avoir mal, jusqu'à sentir la brûlure remonter le long des bras, se diffuser et grandir.

Quand il sortit les mains de l'eau, sa peau était rouge et boursouflée. La douleur n'était pas grise, elle. Il restait encore en lui quelque chose de vivant. La douleur l'aida à oublier tout le reste, même la sanction du lendemain.

***

Il se brossa machinalement les dents et prépara son sac de classe. Il se souvint qu'il avait besoin d'une serviette pour l'entraînement de natation et redescendit en prendre une dans l'armoire sèche-linge de la cuisine. La lumière du salon était toujours allumée, bien qu'aucun son ne lui parvienne de la télévision. Son père avait dû aller se coucher en oubliant d'éteindre. Elliot entra dans la pièce et s'aperçut que si la télé était éteinte, son père, en revanche, était encore assis dans son fauteuil, ou plutôt affaissé, ce qui expliquait qu'il ne l'ait pas vu depuis la porte.

Il dormait. Sa poitrine se soulevait et retombait ; à chaque respiration, son visage tremblotait légèrement.

Elliot le contempla : le front dégarni, les mèches clairsemées de cheveux gris qui, rejetées en arrière, révélaient le crâne, les plis sous les yeux, le poids de la peau tirant les traits du visage vers le bas.

Il se souvint.

« On peut tout réussir, si on y met toute sa volonté. »

« Alors pourquoi tu t'y es pas collé, p'pa ? Pourquoi tu n'as pas mis toute ta volonté à guérir ? Pourquoi tu as laissé tomber ? Pourquoi tu nous as abandonnés ? »

« Moi, j'ai suivi ton conseil, pourtant. Je m'y suis collé. Je suis allé jusqu'au bout. Tout en haut. Qu'est-ce que tu répondrais à ça, p'pa, hein, si tu savais ? "C'est la meilleure façon de s'y prendre, la seule" ? »

Il ne ressentait plus ni colère. Ni haine. Ni rien.

« Qui sommes-nous donc ? Moi, maman, toi ? Est-ce que je nous connais encore ? »

Il se sentit soudain vidé, épuisé. Il voulait fuir, dormir, tout effacer. Mais il avait les jambes en guimauve, il n'avait plus la force de quitter la pièce ni de monter les escaliers. Il réussit tout juste à gagner le canapé où il s'effondra, et ferma les yeux.

« Faites que je ne me réveille jamais. Comme ça, tout s'effacera. Et si par malheur je me réveille, faites que ce soit quatre ans plus jeune. Mais jamais demain. Je vous en supplie. »

* * *

– Elliot ?

On l'appelait.

– Elliot ?

– Huuum...

Elliot fit un effort surhumain pour retrouver ses esprits. Les paupières encore collées, les yeux douloureux, les jambes et les bras gourds et sans vie.

Sa mère était penchée sur lui. Elle le secoua encore une fois par les épaules. Son visage était flou. Elle sentait la maison de retraite – les lasagnes, les produits détergents et la lavande défraîchie.

– J'ai mis de l'eau à bouillir ? Tu veux boire quelque chose ?

Il agita la tête, encore endormi.

– Pas la peine. Crevé. Vais dormir.

Il regarda vers le fauteuil de son père. Vide.

– Il est couché, dit sa mère. On devrait faire pareil, toi et moi. Mais, avant, je veux qu'on ait une petite conversation, tous les deux. Alors, thé, café ou chocolat ?

Trop difficile de se concentrer pour répondre.

– Chocolat chaud, décida-t-elle à sa place. Ça nous fera du bien à tous les deux.

Elle partit dans la cuisine. Elliot rassembla toute son énergie pour se réveiller. Au fur et à mesure que son esprit se remettait mollement en marche, un flot de panique s'emparait de lui.

« Parler... ? De quoi ? »

Elle revint avec deux tasses, elle en tendit une à Elliot et s'assit à l'autre bout du canapé.

Ils restèrent un moment sans rien dire. Elliot se concentrait sur son chocolat, se demandant s'il était supposé démarrer la conversation.

Soudain, sa mère se décida à parler.

– Je croyais qu'il suffisait de s'installer ici. Nouvelle maison, nouveau lycée, nouvelle ville. Nouveau départ... Mais, à présent... (Elle soupira.) Je ne sais plus. Ça n'a pas fonctionné aussi bien que prévu, n'est-ce pas ?

Dans l'esprit d'Elliot, c'était une de ces questions qui n'appellent pas de réponse. D'ailleurs, dans le cas contraire, qu'est-ce qu'il aurait pu dire ?

– Elliot ?

Il devinait qu'elle le regardait et qu'elle voulait qu'il la regarde. Lui ne voulait pas. Il ne désirait qu'une seule chose, qu'elle se taise et le laisse monter se coucher avant qu'il ne balance une vacherie juste pour qu'elle lui fiche la paix.

– Elliot. Regarde-moi. Je t'en prie.

Il tourna le visage vers elle mais sans la regarder vraiment, se concentrant sur le petit triangle de peau entre les deux yeux, comme Richard le lui avait appris.

Elle souriait. Un sourire triste.

– Il y a très longtemps qu'on ne s'est pas parlé, dit-elle. À cœur ouvert, je veux dire. Subitement, tu sembles... différent. Plus mûr, sans doute... (Elle baissa les yeux.) Je savais bien que tu changerais un jour.

« Pour avoir changé, j'ai changé. Si tu savais à quel point ! »

Son sourire s'évanouit.

– Je ne t'en veux pas d'être en colère contre moi, Elliot. J'ai tellement à faire. Tellement de soucis – gagner de l'argent, m'occuper de ton père. Tout ça... J'espérais seulement que tu réussirais à t'en sortir tout seul. Je suis désolée. Sincèrement.

« Si je voulais, je pourrais provoquer ta colère

et ton chagrin, pensa-t-il avec lassitude. Et tu souhaiterais ne m'avoir jamais posé de questions. Et tu repartirais en larmes. Si je voulais. Je suis très doué à ce petit jeu. On ne te l'a pas dit ? Ne me pousse pas, m'man. Pas toi. Fiche-moi la paix. »

– Je t'en prie, Elliot. Je ne supporte plus de te voir dans cet état. À tout refouler à l'intérieur de toi, exactement comme avant. Je ne laisserai pas ça recommencer. Est-ce que tu ne t'en rends pas compte ?

– C'était différent avant.

Il avait prévu de parler d'un ton désinvolte, nonchalant, rude – à la manière de Richard. Mais les mots étaient restés coincés dans sa gorge et, à la place, s'était élevée une sorte de râle informe. Il but un peu de chocolat chaud, le liquide épais descendit lentement dans sa gorge.

– Non, ce n'était pas différent. (La voix de sa mère chevrotait.) Pas différent du tout. Bien des choses ont changé, mais je suis toujours la femme qui t'a mis au monde, qui t'a regardé vivre et grandir, et tu es toujours mon fils, tu fais toujours partie de moi. Ça, ça ne changera jamais, même si tout le reste doit changer. Et ça signifie que je n'ai pas l'intention de te laisser m'abandonner sur le bord de la route. Je ne laisserai pas tomber si facilement. Ne t'imagine surtout pas une chose pareille.

Sa voix le déchirait, l'oppressait, comme une sorte de chantage. Il s'arc-boutait pour la repousser, faire semblant de ne pas l'entendre, de ne pas l'écouter.

« Je ne suis pas là. Tu n'es pas là. Va-t'en. Fiche-moi la paix. »

À sa grande horreur, il s'aperçut qu'il pleurait, les larmes coulaient le long de ses joues sans qu'il n'ait plus la volonté de les refouler ni de les essuyer.

« Je suis fort. Je suis fort. Je suis... »

Il sentit qu'elle lui retirait la tasse des mains et s'asseyait près de lui, qu'elle lui prenait la tête et la posait contre son épaule. Il sentit ses larmes mouiller la manche de sa robe, mais il était incapable de bouger, incapable de rien faire d'autre que rester assis et la laisser le serrer dans ses bras comme s'il était redevenu un tout petit enfant.

– Je t'en prie, Elliot. Tu ne crois pas que ce serait mieux de me dire ce qui ne va pas ? Est-ce... est-ce l'école ? Dis-moi... On te persécute de nouveau ?

Comme il aurait été merveilleux de lui répondre oui.

Elle lui caressait doucement les cheveux de ses doigts, en faisant claquer sa langue contre son palais : « Tst... Tst... »

– Pourquoi tu mets tout ce gel ? Ça dessèche les cheveux, ça les abîme.

Elle disait ça sans y penser, juste pour dire quelque chose, sans cesser de le caresser.

Il respira si profondément qu'il en trembla de tous ses membres.

– Je ne peux pas te dire. Tu me détesterais. À cause de ce que j'ai fait.

– Je ne te détesterai jamais, quoi que tu fasses. Je ne pourrai jamais te détester.

– C'est ce que tu penses aujourd'hui.

– Je le penserai toujours. Quoi que tu aies fait, je ne te laisserai jamais tomber. Comme je ne laisserai jamais tomber ton père. J'espère que tu me crois tout de même ?

Il aurait voulu crier : « Tu ne penses pas tout ce que tu dis, n'est-ce pas ? »

– Ce n'est pas... Je ne pensais pas que... toi et papa... Oui, on ne dirait pas...

Elle demeura silencieuse un instant, et il crut qu'il n'avait pas répondu ce qu'il fallait et qu'elle était à nouveau en colère.

Mais elle poursuivit :

– Je ne prétends pas que ce soit facile... Combien de fois, j'ai eu envie de tout laisser tomber, de me lever, de partir d'ici et de recommencer vraiment à zéro. Mais ton père a toujours fait tout ce qu'il pouvait pour nous... et, aujourd'hui qu'il ne peut plus, c'est à mon tour de faire tout ce que je peux pour lui. Même si... ça signifie aussi pleurer et crier et... C'est comme ça que ça marche. On a réussi à franchir toutes les épreuves, on s'est toujours soutenus, alors je ne peux pas laisser tomber. Pas sans me battre. À mes yeux, comme disait ton père, « c'est la meilleure façon de s'y prendre, la seule »...

Il répondit d'une voix brisée :

– Pour moi, ce n'est pas pareil, en tout cas !

– En es-tu bien sûr ? Pas moi. Mais si tu ne veux pas me parler, tu resteras seul à le savoir.

– Non. Ce n'est pas si simple. Si je pouvais. Mais... C'est impossible que je m'arrête. J'aimerais. Je voudrais faire en sorte que tout s'arrête, mais quoi que je fasse... c'est impossible, je ne peux m'arrêter d'avoir peur, alors...

Il s'interrompit, terrorisé à l'idée que les vannes s'ouvraient et qu'il allait tout cracher d'un coup.

Un long moment, seul l'écho de sa propre respiration envahit le silence.

– Parfois... (Elle hésita.) Il arrive que d'autres personnes puissent nous aider à affronter nos combats. Mais si elles ne le peuvent pas - ou bien, si pour une raison ou une autre, on ne les laisse pas faire –, si on se croit tout seul, se battre peut devenir la chose la plus difficile au monde. Et, dans ce cas, rien de ce que je peux te dire ne rendra ce combat plus facile. Mais il y a une chose que tu dois comprendre : je ne te laisserai jamais tomber. Pas tant que je suis debout, pas tant qu'il me reste un souffle de vie. Tu comprends ? Quoi qu'il arrive. Quoi que tu aies fait. Jamais je ne te laisserai tomber.

CHAPITRE 18

Il se leva de bonne heure, se doucha, s'habilla et descendit à la cuisine. Il réussit à avaler une tasse de thé pour le petit déjeuner, mais manger, non, impossible.

Il rinça la tasse et remonta à l'étage à pas de loup. Dans sa chambre, il ramassa son sac de classe, il hésita un instant puis le reposa par terre.

Il redescendit et il sortit.

* * *

En arrivant au lycée, il aperçut une poignée de gamins qui jouaient au football sur le terrain de sport – le bus qui ramassait les élèves dans les faubourgs autour de la ville les avait sans doute déposés là depuis un moment. Ils s'arrêtèrent un instant pour le regarder passer devant eux.

« Vous savez qui je suis ? Vous savez ce que je peux vous faire ? Vous devriez être morts de trouille ! »

Il se détourna et s'éloigna en direction du bâtiment principal de l'école.

À l'intérieur, il jeta un œil sur le tableau de service où trônait, coincé entre deux autres annonces, le petit carré de papier jaune. Son estomac se serra, mais il continua son chemin le long du couloir.

Il pouvait encore changer d'avis – et ne pas le faire. Il repoussa cette solution.

« Je peux encore rentrer chez moi. Je peux encore faire demi-tour, m'enfuir d'ici et sauver ma peau. »

La peur réapparut.

Il y avait eu d'autres occasions, à chaque étape. Mais, chaque fois, la peur était revenue le narguer. Et chaque fois, elle avait eu le dessus.

Pourquoi serait-ce différent aujourd'hui ?

La voix aurait pu le lui expliquer, mais elle se taisait. De toute façon, il ne voulait plus de son aide.

L'écho de ses pas rebondissait contre les

murs lambrissés, contre les portraits sous verre des précédents proviseurs de l'établissement, contre la porte de plastique high-tech. L'écho lui faisait l'effet d'un rire – d'un rire moqueur.

« Va-t'en, petit garçon ! Comment peux-tu avoir l'audace de croire que tu peux te dresser contre nous ? Nous avons tout un passé historique pour nous défendre ; toi, tu n'as que toi. »

Son estomac se noua si brutalement qu'il en eut un haut-le-cœur qui le fit chanceler. Il devait contrôler ses entrailles.

« Qu'est-ce que je suis sur le point de faire ? »

Il n'y arriverait jamais. Il n'avait jamais eu le courage de se dresser contre une seule personne, alors contre les Gardiens ! Les Gardiens et toutes les forces qu'ils contrôlaient et qui, en plus, exécutaient leurs ordres. Le Pouvoir. La Violence. La Peur.

« Nous n'avons pas créé Holminster. C'est Holminster qui nous a créés. »

Il savait qu'il possédait en lui une certaine force – celle qui lui avait permis de devenir un Gardien – enfin, presque. Bonne ou mauvaise, cette force faisait partie de lui. En l'occurrence, ce n'était pas d'elle dont il avait besoin à cet instant. Mais de cette force qui lui permettrait de déjouer les plans de celle, récente, qu'il avait acquise. Le genre de force qui permet de s'arrêter à une longueur de corde du sommet de l'Everest, de se pencher au-dessus du vide et... de lâcher.

« Je n'ai jamais eu cette force-là. Jamais. »

Soudain – trop vite – la porte du proviseur se dressa devant lui. Il lutta contre l'envie de courir vomir dans les toilettes.

Il ferma les yeux. Chercha à s'encourager. En silence, il se répéta les phrases de la veille au soir.

« Je ne te laisserai jamais tomber. Tu comprends ? Quoi qu'il arrive, quoi que tu aies fait... »

« Oui, mais là, tu ne peux rien. Tu me l'as dit... il y a certains combats que l'on doit mener seul. Personne ne peut m'aider, là. »

De nouveau, ressurgit l'image du pantin cloué contre le mur carrelé du mur des vestiaires. Les poings de Kevin qui frappaient sans s'arrêter. Le corps recroquevillé sur le sol, broyé, sanglant.

Sa poitrine se serra. Respirer en devenait pénible.

« La vie ou la mort, se dit-il. Voilà le choix. Qui choisirait la mort ? »

Il comprit qu'il tenait déjà sa réponse.

« Moi ! Je suis déjà mort. »

Il avait tout balayé, il s'était coupé de tout ce qui était important pour lui... de tous les gens qu'il aimait et qui l'aimaient.

« Je suis déjà mort. »

Et malgré tout, il prenait soudain conscience que certains individus en lui refusaient de mourir. Les anciens Elliot – ceux-là même qu'il avait mis toute son énergie à détruire – s'accrochaient obstinément à la vie. Sans aucun doute, puisqu'il avait toujours peur.

« Être toujours vivant malgré toutes mes tentatives. Ça doit demander une sacrée force... »

Avant de perdre l'énergie du moment, il leva la main pour frapper...

Il hésita.

Un épais silence régnait dans tout l'établissement. Seuls quelques bruits s'élevaient derrière la porte : une toux, un léger bruissement de feuilles de papier.

Mais quelque chose arrêta son geste.

Et soudain, il comprit. Sa bouche était râpeuse comme un buvard, son estomac presque liquide, des aigreurs refluaient jusque dans sa gorge et, malgré tout, il était... serein. C'était le terme. Il n'était ni bien ni heureux, mais serein. Une sérénité profonde, puissante, paisible, qu'il n'avait jamais éprouvée auparavant.

« J'ai peur, mais je vais tout de même aller au bout de cette histoire. »

Il ne se souvenait pas d'avoir jamais réagi ainsi.

Il pensa à Louise. Et à Ben.

« Je pourrai vous raconter qui je suis, si vous acceptez encore de me voir après tout ça. »

C'était quoi déjà ce que Louise avait dit quand elle parlait du héros de *1984* ?

« Il choisit de désobéir au système. Il obéit à ce qu'il croit et il prend tous les risques. Alors il devient libre... »

Sur le moment, il n'avait pas compris ; mais à présent, oui, il comprenait. Cela signifiait que ce qui était important, ce qui avait une valeur, ce n'était pas le fait d'avoir peur, mais les actes, les choix qu'on faisait quand on avait peur. Et peut-être même était-ce lié à l'idée d'être en vie – ou à celle de rester mort.

Il aurait aimé continuer à réfléchir sur ce sujet, mais ce n'était pas le moment idéal. Il savait, toutefois, que l'idée ne disparaîtrait pas facilement.

Il leva la main et, cette fois, il n'hésita pas.

Cet ouvrage a été imprimé par la
SOCIÉTÉ NOUVELLE FIRMIN-DIDOT
Mesnil-sur-l'Estrée
pour le compte des Éditions Flammarion
en janvier 2007

Dépôt légal : mars 2005
N° d'édition : L.01EJENFP2634 – N° d'impression : 83107
ISBN : 978-2-0816-2634-8
Imprimé en France.
Loi n° 49-956 du 16 juillet 1949
sur les publications destinées à la jeunesse